KB164391

니들의 시간

니들의 시간

김해자 시집

창비

차
례

제 1 부

한잔 받으시오

당신의 말이 떨어질 때마다 나는 웃었다

참 곱다 고와,
봉고차 장수가 부려놓은 몸뻬와 꽃무늬 스웨터
가만히 쓰다듬어보는 말

먹어봐 괜찮아,
복지에서 갖다주었다는 두부 두모
꼬옥 쥐여주는 구부러진 열 손가락처럼
뉘엿뉘엿 노을 지는 묵정밭 같은 말

고놈 참 야물기도 하지,
도리깨 밑에서 튀어 올라오는 알콩 같은 말
좋아 그럭하면 좋아,
익어가는 청국장 속 짚풀처럼 진득한 말

아아 해봐,
아 벌린 입에 살짝 벌어진 연시 넣어주는 단내 나는 말
잔불에 묻어둔 군고구마 향기가 나는
고마워라 참 맛있네,

고들빼기와 민들레 씀바귀도 어루만지는
잘 자랐네 이쁘네,
구부려 앉아야 얼굴이 보이는 코딱지풀 같은 말
흰 부추꽃이나 무논 잠시 비껴가는 백로 그림자 같은

벼 벤 논바닥 위로 쌓여가는 눈 위에 눈
학교도 회사도 모르는
마늘에서 막 돋아나는 뿌리처럼
늘 희푸른 말

그는 아들을 내려놓지 않았다

어린 아들 무동 태우고
전등사 계단을 오르던 그가 멈춰
숨을 고르며 말했다

애가 잠시도
떨어지려 하지 않아서요,

몇년 전 아들은 아빠를 TV에서 보았다 아빠 공장에서 전
쟁 영화를 찍는 모양이었다 헬리콥터에선 투두두둑 불이 떨
어지고 땅에선 물대포가 뿜어졌다 연기 자욱한 공장, 작업
복 입은 아빠들의 울부짖는 소리가 운동장에 울려 퍼졌다
도망가다 쓰러지고 잡혀서 끌려가는 엑스트라들, 경찰은 손
이 묶인 채 엎드려 있는 아빠들을 몽둥이로 내리치고 방패
로 찍고 군홧발로 자근자근 밟으며 끌고 갔다

한 밤 지나면 손가락 하나, 손가락이 수백번 구부러지도
록 오지 않는 아빠를 기다리며 아이는 아무에게나 두두두두
손가락권총을 쏘아댔다 아무 데나 자근자근 밟으며 고함치
는 경찰놀이도 했다 친구들도 고양이도 강아지도 아이를 피

했다

어디로 또 없어질 것 같나봐요
잘 때도 안 떨어져요,

나무 등에 업힌 채 참매미가 전 생애를 문질러대듯 우는
울음 밑을 지나가며
울지 마라,
눈물 털어내고 있었다 번갈아 눈 질끈 감으며
그는 아들을 내려놓지 않았다

울지 못한 울음
그의 등짝이 젖고 있었다

월식

달이 참말로 안 뵈네
뭔 일로 멀쩡하던 보름달이 갑재기 안 보인댜
사람만 그런 게 아녀
해도 달도 사연이 많어

자식 놓쳐불고 죽을라고 밤에 강으로 갔는디 컴컴항게 암
것도 뵈지 않으니께 여가 거근지 거가 여근지 모르겄더라
고. 일단은 들어갔어. 근디 허리까지 차니께 몸이 붕 뜨더라
고. 막 뜨니께 으디를 붙잡을 디도 읎구, 죽으러 드갔는디 죽
어야 하는 건지 살아야 되는 건지, 이 꼴로 으디를 가나, 내
맴만 젖었다니께.

그 훤하던 게 으디 처박혔나
물에 빠졌으까 산에 맥혔으까
달이 한창씩이나 안 나오네
그래도 다 가리진 못허고 둥그런 테두리가 보이는디
다 묻혀도 나 달이다, 허고 있잖여
아주 죽은 게 아녀

14

물은 안 되겠고, 눈 감고 뛰어내리믄 괜찮을 거 같어 저짝에 옥상 꼭대기로 허리 붙잡고 올라가는디 죽을 맛이더라고. 이제 죽으나 저제 죽으나 죽을라고 올라가는디, 허리가 아파 죽겄어. 나는 모르겠지만 흉한 꼴 볼 사람들 떠올리니께 도저히 못 뛰어내리겄데.

별이 저리 많아도 달 하나 못 구하나
별이 아무리 여럿이 박혔어도 달 하나만 못혀
하이고야, 저 하늘 좀 봐 목화송이마냥 훤혀
물에 처박혔다 꽃이 되었구마

저승길 밟은 맴으로 살아보자, 어디까정 갈지 모르겄지만 살다보믄 무슨 수가 있겄지. 그냥 살기로 혔어. 아프다 아프다 해도 죽게 아프지는 않으니께 살아야지. 나 죽네 나 죽네 하믄서도 세상은 돌아가잖여.

야아 달이 살아났네
저기 좀 봐 달이 나오잖여
나 달이다, 허고 일어났잖여

수철리 산 174-1번지

눈 내리는 저물녘
건너편 설화산은 흰 저고리
눈 쌓이는 오솔길마다 치맛자락 사각거리는 소리

밤나무는 순순히 내놓지 않았다
뿌리가 품고 있던 옥비녀와 은반지
꽃무늬 새겨진 쌍가락지
M1과 카빈 소총 탄두
탄피 박힌 두개골
불에 탄 뼈

도끼질당하고 톱으로 잘리고 나서야 내놓았다
폐금광 구덩이에 뿌리 내린 밤나무는
구슬과 청동 종
마사토와 진흙 잡석 사이
켜켜이 묻혀 있는 꽃단추
끈 달린 고무신과 가죽신
흰 포대기에 싸여 있는
아기들 갈비뼈

눈보라 치는 밤이면 들린다
삭정이 부러지는 소리
아이들 구슬치기하는 소리
엄마 치마폭 속에서 엄마와 함께
구슬 꽉 쥔 채
할머니 품속에서 할머니와 함께
배 속에 든 아이와 함께

섣달 저문 날
젖먹이는 업고 큰 것은 걸리고
새끼줄에 묶여 설화산 뒷터골로 끌려가는
흰 저고리 흰 치마
1951년 1월 6일

모국어

가출했다 잡혀 온 내 손모가지 꽉 붙들고
엄마는 딱 한마디 했다
집에 가자이,
아무 말 못하고 엄마 손에 끌려갔다
목포역 앞이었다

머를 좀 잘못 알았는갑소,
잘 좀 알아보쇼이,
우리 애기는 절대로 그럴 애가 아니랑께요,
경찰서 안이었다

머시라도 묵어야 심을 쓰지,
한 입만 떠멕이믄 안 되겄소라우,
산통 이틀째, 애도 낳기 전에 미역국부터 먹은
신천리연합의원이었다

평생 단 며칠도 집을 못 비우던 엄마는
일생에 단 한번 순례하듯 마실 다녔다
일곱집 돌아가며 밥그릇 채우던

석가모니 제자들처럼

아이고 내 새끼 왔냐,
맨발로 뛰어나오던 가리봉동이었다
복숭아 살 같은 물컹한 장마 드시고
홍시 같은 늦가을도 달게 드시고
겨울이 집 앞에 봄을 부려놓자마자
되았다,
인자 집에 갈란다,

탁발 순례 마치고
큰오빠 집으로 간 지 한달 만에 영영 가셨다
혼자서만 가는 나라
언제 갈지 모르는
어딘지 몰라 찾아갈 수도 없는
집 우(宇)
집 주(宙)

그냥 상

뭐 하나가 동네 굴러 들어와 사는디, 뾰족구두 신고 굽슬
굽슬 노랑머리에 빨강 바지 입고설랑, 부영식당 골방 브루
스에 막걸리나 마시고 포구 온 천지로 싸돌아댕기는디, 그
모양새가 영락없이 다방 레지인 기라. 어느 날은 돼지뼈 들
고 과메기 덕장 경비 찾아가 덕수씨 불러쌓고, 종팔씨는 말
할 것도 없고 목포집 덩실이에 못된 놈 쫄졸이 온갖 동네 개
들이 노랑머리 앞에선 꼬리를 살살 흔들어쌓는디, 그기 개
철이, 아니 예비군 중대장 규철이 각시라 카데. 어느 땐 어
판장 바닥에서 괴기도 만지작거려쌓고, 덕장에 퍼질러 앉아
꽃마차 울고 가는 이바구도 해쌓고, 물장화 고무장갑 냅다
던지고 관광차 안에서 씨바씨바 봄이 간다 막춤도 춰쌓는
디, 그기 다방 레지가 아이고 무슨 시인이라 카는 거라. 시인
이 머시라? 고래 잡고 오징어 낚고 청어 배 째가 말리고 물
질하는 사람들하고 놀믄서 얘기 들어주는 사람이라?

어느 날 전화가 왔는데요, 동네 사람들이 맘을 모다가 상
을 준다 카데요. 무슨 상이오 물었더니, 그냥 상이라는 기라
요. 서류도 일체 필요 없고요, 수협 와가 커피도 한잔하고 총
무과장 딱 오분만 만나고 가믄 됩니더 카데요. 풀풀 날리는

20

사자 대가리 다림질하고 꽃단장하고 갔는데요, 가다마이 쫙 빼입은 수협장과 이사 둘에 총무과장이 나란히 앉아 있는데, 고기 잡을 때 모습만 떠올라 웃음도 나오고 코도 빨개지고요, 그래도 이 감격스런 상을 받았는데 사진은 한장 박아야 할 거 아니냐 했더니, 기다렸다는 듯이 바다 사진 걸린 블라인드 척 내리더니 딱 한장 찍더구만요. 평생 시도 안 읽고 지가 무슨 시 쓰는지도 모르는 냥반들이 시인이라는 사람을 읽어주는 것 같아서 뭉클합디다. 돈 많이 주면 부담스러워 안 받을 수도 있으니 그냥 삼백만 주자고, 일체 서류도 받지 말고 아무 이름도 달지 말고 그냥 주자 했다 카데요.

시간을 공처럼 굴리며

책상 앞에 꼿꼿이 앉아 있는
딸아이 시선이 먼 데 가 있다
아직도 근무 중인가 독서대에 세워진 책을 투과하여
벽을 째려보는 것 같다

열린 문틈으로 가만히 들여다봐도
서울에서 온 달마는 미동도 없다
물속을 헤엄쳐 다니는 물고기가 물을 개의치 않듯
공중을 날아다니는 새가 허공을 문제 삼지 않듯

한국사와 동아시아사와 세계사를 편집하고 교정하고, 문
제를 만드는 선생들과 상사와 상사의 상사에 둘러싸여, 이
미 나왔던 문제와 아직 안 나온 문제, 적당히 풀지 못할 역사
의 문제와 문제의 문제를 붙들고 씨름하던 딸은 시방 면벽
(面壁) 수행 중, 무한대(∞)를 눕혀놓은 듯한 8년 8개월, 문제
만 만들다 어느 날 갑자기 문제를 때려치웠다

텅 빈 벽,
벽관(壁觀)을 마친 달마가 벽을 향해 모로 누웠다

이불에 친친 감긴 그는 와선 중
방문 반쯤 열어두고 창문도 활짝 열어둔 채

지붕 아래선 갓 깨어난 참새 새끼 삐악대는 소리
꾸우꾸욱 방점 찍어 산비둘기 울고 간 뒤
새끼 없는 뻐꾹새도 이따금씩 울어대는데

아무 소리가 없다 시계를 벗어 던진 딸아이는
아무래도 나보다 한 수 위
시간을 공처럼 굴리며 노시는가

가창(歌唱)오리
서천의 허정균 형께

바이칼호수 푸른 눈가에서 태어났다 태극무늬 두르고
먼 하늘 날아왔다 시베리아 몽골 지나 만리 길
날갯짓 소리 들으며 서로의 울음소리 들으며
날면서 합류하고 날수록 무리가 커졌다
맨몸으로 왔다 공중에 매달려 왔다
작아서 모였다 추울수록 날았다
떼 지어 춤추고
떼로 울면서,
가창오리는 야간조
노을빛 이고 밥 벌러 간다
어두워야 난다 배고파서 오른다
원이 춤춘다 공이 날아가고 물 폭탄이 쏟아진다
날개 파닥이는 자리마다 탱크 소리, 서로 상하지 않는다
부딪치지 않는다 춤꾼이자 소리꾼 가창오리는 노래가 춤이고
울음이 노래,
어두울 무렵 기지개를 켠다 외따로들 앉아 있던
가창오리들이 물 박차고 치솟는다 동시에 날아오른다
곤두박질치고 흩어졌다 다시 대열을 이룬다
시시각각 하늘에 새겨지는 검붉은 띠

펼쳤다 접고 갔다 돌아온다

산이 울렁거린다

강이 흔들린다,

기나긴 밤샘 작업이 끝나고

먼동이 트면 다시 솟구칠 게다

낱낱이 엎드려 낟알 주워 먹던 풀숲 사이

밤새 웅크렸던 날갯죽지 털며 한꺼번에 비상할

한바탕 살풀이춤, 저마다 하늘에 점 하나 찍을 게다

아침노을 물고 밥그릇에 수저 부딪는 오리들의 창가(唱歌)

허공을 두드려대는 북소리

이름 없는 조직

동인천 중국인 거리에서 한잔하고
하인천 골목 우럭구이집에서 한담 나누는데
근처 율목동 사는 최원식 선생께서
인천에서 활동하던 조직 이름이 뭐였냐 물으시길래
우리는 이름이 없었다고 답하자
그거 재밌다 이름 없는 조직이라니,
소년처럼 웃으시며
야아! 이름이 없다니 그거 대단하다 대단해,
그 점잖으신 양반이 파안대소하시다
그런 시는 왜 안 쓰냐,
한 말씀 보태시는데

순간, 가좌동 쪽에서 본드 냄새가 불어오는 것 같았습니다 온종일 신발 바닥에 본드칠하다 우우 몰려가 발바닥 닳도록 춤추던 송림동 카바레, 어디선가 단무지 냄새가 풍겨오는 것도 같았어요 철야 끝난 일요일 잠시 눈 붙이고 달려간 신포시장, 볼이 미어져라 먹던 왕만두 냄새, 미싱에 앉으면 만주에서 말 타고 달리는 듯하던 열여덟살 현옥이와 장덕이가 대한서림에서 책장을 넘기고, 바로 옆인 듯 애관극

장에서 파업전야 같은 필름이 돌아가는데

시계가 거꾸로 돕니다 때로 기억은
왕만두 속처럼 뒤섞이기도 하죠
지금은 이름도 잊어버린 사람들,
배다리 헌책방 가득 꽂혀 있는 책들이 바닷바람에 펼쳐지
는 듯
그 숱한 낱장처럼 많은 나,
위로 포개지며 긴 밤 지새운 눈꺼풀들이
내 안에서 눈 뜨고
말없이 우리 곁에 슬그머니 앉는
저물 무렵

육독(肉讀)

한낮에
한가하게
벨라루스의 시모음집 『그래도 봄은 온다』를 읽는 중이
었다
88쪽에서 내 독서는 잠시 중단되었다
얀카 쿠팔라의 시 「나의 학문」에서

모기도 아닌 것이 하루살이도 아닌 것이
시집 속 '그'를 발로 깔고 앉아 있었다
기나긴 묵독이었다 제 생애의 반의반
그 반의반일지도 모를 시간
꼼짝 않고 그를 읽고 있었다

지독한 독학이었다
가죽나무 잘린 가지 끝에 육즙이 올라오는 사이
동심원 따라 접시꽃이 볼펜 심만큼 넓어지는 사이

'그 오랜 가르침'을 숙지했는지
그는 '내 마음'으로 건너가는 듯하다

건듯 사라졌다

파르스름한 날벌레의 다리가 읽고 간
페이지를 다시 읽었다
'책과 학교 없이도 생각을 배웠다'는
'슬픈 내 인생의 처음부터'

호미가 읽는다
띄어쓰기가 규칙적인 콩밭과 고추밭
낫이 읽는다 소루쟁이와 바랭이 방동사니
풀밭은 띄어쓰기 안 한 중세의 문장
여러번 지나가야 독해가 된다

밭의 새싹과 마을의 말소리가 오랜 가르침이었다는
내 학문은 이제 시작이다

물 호스가 달빛 속으로

제 주둥이로 제 꼬리를 씻긴다
갈라터진 밭 가까스로 벗어났다
종일 기어다녔다 진흙 덕지덕지 묻은 밭이랑 사이
끌려다녔다 허리 펼 틈 없이
밟혀서 꼬이기도 했다 허리 분질러질 듯
틀어막힌 입이 봇물처럼 터지며 물벼락 쏟아냈다
얼어터지곤 했다 살점마다 사각거리는 얼음장
온기라곤 없는 스티로폼 바닥에 누운 붉게 튼 얼굴

언니는 한사코 멍에라 했다
수국 그늘 아래 머윗잎 가리키며
멍에 옆에 엎어져 있는 솥뚜껑
구멍 뚫린 가마솥 곁에서도 멍에는 돋아나고
솥이 빠져나간 자리, 그을린 돌담 타고 담쟁이가
아궁이 속으로 막 들어가려는데
이동식 목욕차가 들이닥쳤다

내 이야기를 하며 니가 누구냐 묻곤 하던 언니는
이동식 목욕차를 잡고 손을 흔들었다

구급차 같고 운구차 같은
대형차 그늘 뒤에 숨어
누군지 모르지만
누군가 귀한 손님 떠나보내는 것처럼

물 호스가 긴 목 돌려
저를 뒤돌아본다 속이 텅 비어서야
고무단이 늘어진 몸뻬
옆구리가 새는 산

압축된 한꿰미 연꽃좌 위로 그믐달이 떴다
물 호스가 달빛 속으로 기어간다
속을 다 파먹힌 배
엎어질 듯 자빠질 듯 서쪽으로 떠간다

우리는 각자도생의 사명을 띠고

이 땅에 태어났다 낙태율 OECD 1위, 출산율 끝에서 1위, 영유아 항생 처방 1위, 어린이 교통사고 사망 1위, 어린이 행복지수 끝에서 1위, 하루 평균 학습 시간 1위

타고난 저마다의 소질을 무시하고 철밥통 하나 얻기 위해 청소년 행복지수 OECD 꼴찌, 10대 20대 30대 사망 원인 1위 자살, 자살률 1위 OECD 평균 2배, 자살 증가율 1위(날마다 한 학급씩 사라진다) 사교육비 1위, 고등교육 국가 지원율 끝에서 1위, 대학 교육 가계 부담 1위, 공교육비 민간 부담률 1위, 청년실업은 해마다 1위

시험과 근면을 숭상하고 각자의 처지를 약진의 발판으로 삼아 실업률 증가폭 OECD 1위, 최저임금 1위, 저임금 노동자 1위, 근무시간 1위, 산업재해 사망률 1위, 여성 근로자 저임금 1위, 남녀 임금격차 압도적 1위, 75세 이상 노년 고용률 10년째 1위, 칠팔십까지 일해도 노인 빈곤율 1위, 노인 자살률 1위

길이 후손에 물려줄 영광된 조국의 미래를 앗아가며 식

품 물가 상승률 OECD 1위, 가계부채 1위, 국가채무 증가율 1위, 직장인 통근 시간 최다, 교통사고 사망률 1위, 세 부담 증가 속도 1위, 보행자 교통사고 사망률 1위, 국민총소득 대비 기업소득 비중 1위, 정치적 비전이 안 좋은 국가 1위, 온실가스 배출 증가율 1위, 미세먼지 노출도 1위, 공공 사회복지 지출 꼴찌, 환경 평가 꼴찌, 사회안전망 꼴찌……

OECD 1등, 드디어 100관왕에 진입하고 있다

이백원

한끼에 이백원 받던 밥집
한그릇 먹든 두그릇 퍼 가든 똑같이 이백원
세그릇째인 사람은 있어도 한그릇만 퍼 가는 사람은 없던,
공짜 밥은 마음 다치게 한다고 따박따박 밥값 요구하던 곳
백원짜리 동전 두개 손바닥 가운데 올리고
자랑스레 내밀던 손들이 줄을 잇던,
내 얘기 좀 들어달라고
못 써서 그렇지 내가 열권 스무권짜리 책이라고
배부른 김에 장광설이 이어지던 식탁
하루 한끼 때우던 굴풋한 짐지게들이 문밖에 서 있던,
우거지 아니면 시래기 된장국이 끓던 스텐 양은
들통에서 솟아나는 뿌연 김 따라 삐걱대는 나무
계단을 오르면 홈리스 슬리핑백이 쌓여 있던,
예수라는 사나이보다 일찍 떠난 혜성이와 함께
일주일에 한번 밥 나르러 가던 스물한살
사장은 없고 젊은 가톨릭 수사들이 드나들던 곳
빌딩 숲 사이 언뜻 얼비치는 용산역 뒤
지금은 흔적도 없는 시장 골목

니들의 시간

1
연해주 사는 우데게족은
사람 동물 귀신 구분하지 않고 모두 '니'라 부른다는군요
과거와 현재와 미래 안에 깃든 모든 영혼을 니로 섬긴대요

삵이 마을을 어슬렁거린다는 소문
밤 창문을 닫으려다 흠칫 놀랐어요
누군가 여태껏 훔쳐보기라도 한 듯
뻣뻣한 털들이 돋아난 유리창은 거대한 눈,
그 앞에 서기만 해도 찔릴 것 같았지요

수상쩍은 날들이 이어졌어요
이상스러운 생물체가 출몰한다는 소문이 퍼졌죠
봄이 오긴 온 건가요
안전 안내 문자를 받으면 안전해지긴 할까요

이끼 낀 계단이 노려보았어요
맘만 먹으면 어디서든 넘어뜨릴 수 있다는 듯
모서리가 너무 많아요

2

비늘구름 속에서 미사일이 날아다녔어요 인형 속에 인형,
탄두 속에 탄두, 아이 손에서 터지는 탄두 속 작은 집속탄, 밀
밭은 보고 있었죠 무너진 담벼락과 흩어진 살점들, 폭격에
쓰러진 나무가 가리키고 있었죠 크라마토르스크 기차역에
떨어진 토치카-U 로켓에 쓰인 흰 글씨, '어린이를 위해서'

겨우내 참았던 씨앗이 버럭 솟구친 것처럼
맥락도 없이 튀어나오는 울화
남몰래 사그라진 화장장의 연기는 지구를 몇바퀴나 돌아
여기까지 왔을까요
살아도 죽어도 제로가 되는 수치

한낮에도 귀신이 출몰한다는군요 소금을 바가지로 뿌려
대다
영구 엄니는 옥수수밭에 서 있는 발 없는 귀신들에게 넙
죽 절했다죠
한잔 받으시오, 고수레
술 가득 부어, 고수레

삭삭 빌었다죠 손가락 넣고 휘휘 저어
석잔 대접하고야 놓여났다죠
발 붙들고 놓지 않는 산 그림자

　　3
합체는 멸족당한 자들의 모음,
정수리인 오늘의
뒤를 가리키며 어제를 말하고
앞을 가리키며 내일을 말하던 인디오들처럼

니라 부르면 니가 나처럼 느껴질까요
내가 니를 어떻게 했는데, 없이
니를 부르면 니가 나와 섞일까요
니가 나한테 어떻게 그럴 수 있어, 없이
나의 반대말들로만 이루어진 니들
니는 대체 왜 그래, 없이

한잔 받으시오, 죽은 사람에게 고수레

한잔 받으시오, 산 사람에게 고수레
한잔 받으시오, 앞으로 살 사람에게 고수레

　　4
뜨고 나서야 눈 감고 있었다는 것을 알아차리는
우리는 한 페미로 사이좋게 도망가는 사이
불안과 사랑을 두쪽 내어 서로 다른 방향으로 달려가는
사이

철창 속 달궈진 철판 위에서
번갈아 발을 떼는 개처럼(니들은 사람이 아니야)
니가 할딱거리는 동안 뜨거운 철 상자 속에 갇힌 하청에게
맞불을 놓는 원청처럼(니들도 사람이 아니야)
니가 깎여 나가는 동안 허리가 묶인 물고기들처럼
아무리 헤엄쳐 가도 헤어지지 못하는 사이(우리는 우리가
아니야)

밤이 내려와도 뜬눈으로 누워 있는
니들이 실종되는 사이 빠른 속도로 감염되는

멜랑콜리를 나눠 마시며
우리는 점차 말이 없어지는 사이

   5
니들이 부서지고 있습니다 산산이
공들여 ×자를 붙였어도 태풍에 깨져버린 창문처럼
창에 비치던 너와 나의 얼굴

우린 어쩌다 먹어치워버렸을까요
앞으로 올 니들을
니들의 시간을

제 2 부

내 곁에 이 모든 이들 곁에

연푸른 혀들

이른 아침부터 참새도 할 말이 많다 중구난방 회합장이
된 이 집 지붕은 누구 것인가, 하품 늘어지게 하며 묻는 사이
에도 우르르 날아오는 이 밭은 무료 급식소, 옆집 굴뚝에 세
사는 딱새들이 쪼아 먹어도 군말이 없다

황금조팝 겨드랑이에서 노란 혀들이 솟아나고 있다 진군
명령 없어도 알아서 포복한다 잔디는 일렬횡대로 어깨를 겯
고 부추도 장딴지에 힘을 준다 뿔이다 안간힘으로 밀어 올
리는 푸른 비명이다 멍이다 숨어 지내던 갓도 깃대를 세우
고 사철나무에 더부살이하던 더덕도 혀를 내민다 뽕나무 그
늘 귀퉁이에서 꽃마리가 떨고 제비꽃이 수줍게 환호한다

등기권리증이 통하지 않는 거주지
이 공화국엔 형형색색 깃발들이 나부낀다
기지개 켠다 벌과 나비도
추위와 배고픔을 증명하지 않아도 기초수급은 된다

아무도 명령하지 않지만 법은 지켜진다
찌르지 않는다 화살나무 가지마다 화살 빽빽해도

상사화 잎과 긴병풀꽃은 무사하다

잔디 파고들어도 개망초 밀어붙여도 저마다 일가를 이루었다 옹색한 지하방 붙어 잘수록 식구도 늘었다 온몸이 굴삭기인 지렁이도 새끼를 쳤다 바위가 엉덩짝 하나 내주어 고향도 본적도 모르는 초롱꽃과 돌나물도 문패를 달았다

연푸른 혀들이 공중을 소요한다
붉고 노란 꽃 무더기들이 산비얄을 내려온다
싸리 순과 다래 순과 산고추나물이 텃밭에 부려진다

제 이름으로 땅 한뙈기 소유하지 않아서
사시사철 산은 보살들 것이다
텃밭 공화국이다

훔쳐보다

장대비에 두드려 맞으며 깻모 심고 오늘 밤 올려다본 달에게서 쉰 목소리가 납니다 실컷 울고 난 뒤 서서히 눈물을 말려가는 여자, 탁구공만 한 멍울이 잡힌 눈자위를 바라보는 일은 달을 올려다보는 만큼 아득합니다 고여서 올라오는 눈물이 식으며 말라가는 것을 지켜본다는 것은, 채 말리기도 전에 새 눈물이 솟아나는 눈물샘을 몰래 들여다본다는 것은

바람이 불자 달의 어깨가 올라갔다 내려갑니다 딸꾹질이 멈추질 않네요 드높이 올라가버린 구름이 꺼내놓은 달, 먼지 같은 별들을 품어 하늘에는 별가루가 가득합니다 수없이 이지러졌어도 달무리 안에 뭉개진 자국이 없습니다 당신 얼굴에도 젖었던 흔적이 없습니다

공깃돌은 언제 다시 날까?

*

싸대기를 맞았다
5교시 수업에 일분 늦어
공깃돌이 손등에서 공중으로,
공중에서 땅으로 리듬을 타며 가벼이 떨어지는 일분

방금 공깃돌을 쥐었던 흙 묻은 손바닥에
시시각각 붉은 실금이 그어지고

한번 벌어진 입들은 얼마나 가벼운가 매질을 하고도 분
을 못 이긴 선생님 입에서 ─ 니들이 뭔데 ○○를 따돌렸냐
고 ─ 한번 열린 입들은 왜 쉬 닫히지 못하는가 ─ 시건방지
게 니들 때문에 내가 얼마나 혼쭐났는지 아냐고 ─ 당연히
몰랐지만 ─ 공중에서 발화되는 줄줄 새어 나오는 비밀 아
닌 비밀들

아무것도 아닌 것들이
책상 앞에 꼿꼿이 앉아 있는 유력자의 딸을
감히 똑바로

쳐다보지도 못했을 것이다

*

시원했다 맞아서 아픈 것보다
맞는 이유를 알았기에 견딜 만했다

싸잡혀 싸가지 없는 애들이 되고 만 우리는 누가 그랬어
앞에서 ─ 그물에 걸린 물고기처럼 뻐끔뻐끔 ─ 겁에 질린
눈망울을 하나씩 끌어내며 ─ 천둥 치는 너야 앞에서 나는
아 ─ 나는 절대 아니라고 ─ 나는 안 그랬다고 변명하기 시
작했을 것이다 ─ 무력한 자들의 입은 얼마나 가벼운가 ─
방금 전까지 함께 공기놀이를 하던 우리는 차례차례 우랄
라 ─ 내가 들어 있는 우리를 우랄라라 ─ 배신하기로 했을
것이다

진짜 나는 안 그랬어요,
한번 하고 나면 정말인 듯 그럴 듯해지는 반성들

이미 뱉어버린 나는 안 그랬어요,

속엔 다른 사람은 몰라도,가 생략되어 있었다

다른 사람은 몰라도,를 감춘 고백은
우리를 점점 고개 숙이게 했다

눈물이 진정성을 보여준다는 것을 알아챈 눈치 빠른 아이
들 때문에
교실이 젖고 있었다

*

교탁 근처에서 해방된 오후,
수학 공식 즐비한 칠판을 보며 나는 질문하기 시작했을
것이다 속으로
그래, 나 말고는 다 다른 사람,
그런데 모두 싸잡아서 다른 사람으로 만들어버린
그애는 더 다른 사람인가, 남다른 사람인가, 아니면 똑같
이 다른 사람인가
수학 문제를 잘못 풀면 틀렸다고 하듯
틀린 것과 다른 것은 같은 말인가

의미는 같지만 다른 말인가

초등학교 고학년이 풀기에는 다소 어려운 문제들이었다
어떤 의문은 질문하는 것만으로도 위험하다는 것을
어렴풋이 깨달아가며 웅얼거렸을 것이다
수학 공식 외우는 척
진실은 아무도 모르는 곳에 묻어야 한다는 것을
운동장 구석 흙 속에 숨겨놓은
고르고 고른 그 공깃돌처럼

                              *

밀봉된 돌들의 입
손때가 묻어 반질반질해진 그 많은 공깃돌은
다시는 공중을 오르내리지 못했다
한번 금이 가버린 돌들은

이름을 벗어던진 어두운 돌멩이들이 걸어 나왔어요
꿈 밖으로
흙 묻은 돌들이 날아갑니다

나는 내 속에 숨어서
남몰래 바라보아요 다른 사람
내가 가보지 못한 곳 너머에서
하얗게 빛나는 알갱이들
모든 사람

* "모든 이의 손으로, 당신을 무한히 밝은 곳으로/그것들을 데려
가요, 그 이름들을 부르기 위해/아무도 눈물을 흘릴 필요가 없어
요."(파울 첼란 「밝은 돌들이」, 『아무도 아닌 자의 장미』, 제여매
옮김, 시와진실 2010).

꽃으로 건너가는 동안

고흐 그림 속에 있던 붓꽃이
꽃은 액자 속에 두고 이파리만 빠져나왔다
마당에 정박한 배
하늘을 향해 뻗은 푸른 돛

맨정신으로 살 수 없다는 말
제정신이 아니라는 말
생레미 정신병원에 서 있던 넓적한 절망과 두툼한 고독
한움큼 털어 넣은 알약 같은 색색의 비애
그러나 내가 알던 내가 아니다
내가 없어져간다……

선잠 속에서 심장을 뜯어내는 듯한
긴긴밤이 흘러가고 천 마디 말을 잃어버렸을 때
허공에 붓꽃이 그려졌다

그림 속에서 탈출한 듯
입에 문 붓
빛 속에 잠긴 채

오롯이 여기에 서 있기

눈 뜰 수 없이 하얀 어둠 속에서 잊어버린 말들이 방문
했다
눈발 헤치고 밤새 달려온 왕진 의사처럼
흙더미 속에 감금된 속엣말 토해내듯
젖혀진 입술
더듬거리다 목구멍 뚫고 새어 나오는
보랏빛 몽환

어쩌자고 나는 꽃의 시간을 훔쳤을까
끝내 닿지 못할
당신의 마음

다녀오겠습니다

강남역 8번 출구 앞, 철탑에 올라가 있는 동료들에게 밧줄에 밥 실어 올려주던 재복씨가 휴가를 신청합니다. 밥줄 끊기고 천막 농성장에서 산 지 1882일째, 장기 농성자도 날마다 일했으니 휴가가 있어야죠, 다녀오겠습니다.

휴가 나온 재복씨가 집에 돌아와 밥부터 합니다. 냉장고 뒤져 청소하고 장 보고 가스레인지 닦고 어묵과 멸치도 볶습니다. 이미 두 딸은 아버지를 기다리지 않은 지 오래, 학교 가고 공부하고 알아서 알바 다닙니다.

휴가 동안 재복씨가 친구 가구 공장에 알바를 다닙니다. 큰아이 대학 입학 예치금과 작은아이가 점찍어둔 롱패딩 사주려고. 컵라면과 삼각김밥으로 때우는 알바 청년 도시락도 싸고 고장 난 보일러를 고칩니다.*

일주일의 휴가를 끝내고 천막 농성장으로 출근하며
재복씨가 아이들에게 인사합니다.
"다녀오겠습니다."

* 이란희 연출 「휴가」(2021).

모든 이들 곁에
영동 사는 이들에게

1

여기로 오세요

쏘가리 뛰는 한석강 여울

다리 건너 동화 같은 집들 지나 꼭대기까지 오르세요

사실 끝이란 게 그리 멀지도 않답니다

잔디와 토끼풀은 좀 밟아도 됩니다* 걱정 마세요 그 아이
들은 당신보다 강하답니다 목이 마르시죠 텃밭에 오이 좀
따 드실래요 장독대 돌아 닭장 지나 복숭아나무한테도 가보
세요 벌레들이 먼저 맛을 보기도 했겠지만 맛은 좋답니다
벌레들은 어찌 알고 달콤한 것만 잘도 베어 물까요 벌레와
새와 사람이 파먹고 따 먹어도 복숭아는 어떻게 다시 열매
를 내걸 결심을 했을까요

다시 시작해도 되겠습니다

벌레도 복숭아도 나를 읽는 당신도

이 행성에는 능력자투성이입니다

비가 오면 장독대 옆에 넌출넌출 호박잎 따서 머리에 쓰고

어김없이 꽃 핀 자리에만 달리는 호박도 찾아보세요 애호박
은 부끄럼을 타서 널따란 치마폭 아래 숨어 있곤 한답니다
먹고 남은 껍질과 씨 들은 닭장 그물망 사이에 넣어주실래
요 닭들은 당신이 못 먹는 수박씨도 아주 좋아한답니다

당신 모르게
당신 곁에
나는 서 있습니다

2
당신이 이 들에 와 있는 동안 허락하신다면
당신 집에 놀러 가고 싶네요
빵집과 커피숍 김밥집이 옹기종기 모여 사는 곳
밖에서 보면 공손히 묵례하고 있는 것만 같은 김밥 마는
여자
색색 실들이 뱅글뱅글 돌아가는 봉제 공장 라인을 돌아
옷 수선집과 치킨과 순댓국밥 냄새가 배어 나오는 거리

음악 CD 보관함처럼

당신이 지나쳐온 가락들이 함께 꽂혀 있는 골목 모퉁이
가끔씩 비트를 넣어주는 젖은 음악들
급커브길에서 넘어졌다 다시 일어서는 오토바이

긴 장마 사이
잠시 하늘이 말갛게 씻어놓은
당신 집 근처에서 따스한 구기자차 입술에 적시듯
당신의 오래된 향기를 천천히 맡아보겠습니다
다른 이들 속에서
모두와 함께

* "잔디는 그냥 밟고 마당으로 들어오세요 열쇠는 현관문 손잡이
위쪽/(…)/많은 집에 초대를 해봤지만 나는/문간에 서 있는 나
를/하인처럼 정중하게 마중 나가는 것이다/안녕하세요 안으로
들어오십시오/그 무거운 머리는 이리 주시고요/그 헐벗은 두 손
도"(조정권 「고요로의 초대」, 『고요로의 초대』, 민음사 2011).

연루

바위는 나무의 집
반쯤 뽑힌 나무뿌리 아래로 흘러내리는 바스러진 돌들
새와 숲의 시간이 흔들려요

돌들이 휩쓸려가요
괜찮아, 나는 잘할 수 있어
얼음이 떠내려가요
걱정 마, 너는 잘하고 있어

헛된 말들을
듣고도 모른 척한 말들이
물에 잠겨 둥둥 멀어지는 동안
나는 나와 함께
혼자서
너는 너와 함께
혼자서

유리창 사이에 끼인 우리는
잘해보려 노력하는 사람

불쑥 들이닥치는 수많은 우리를 소비하느라
비만이 된 우리는 갈수록 얼굴이 많아지는 사람

어떤 면역반응도 일으키지 않는 지방처럼
복면을 뒤집어쓴 나를 꺼내 네 얼굴에 덧붙이며
나는 나에게서
너는 너에게서
자꾸 멀어지는 사람
우리는 우리에게서 벗어나는 사람

내가 만든 설계도와 당신이 만든 건물 사이로
우리는 동업자처럼 걸어갑니다 서로 떨어져서
뭔가 비슷한 것을 놓쳐버린 표정으로

입 없는 말들이 별하늘을 읽고 있어요 발가벗은 채
아직은 대지에 뿌리박고 서 있는 돌부리
풀과 나무와 짐승 들

별들의 파편

시간의 알갱이들이 떨어져요
실금이 간 돌의 귀에 대고 속삭여요

깨진 돌의 말 속으로 당신을 초대합니다
무한히 밝은 빛
영원히 무거운 빛
함께, 라는

감긴 눈꺼풀 곁에서

*

발 디딜 땅 한뼘 없었다
이곳은 허공마저 비싸서
숨 쉴 만큼의 공기도 허락되지 않았다
얼굴도 표정도 없는 국가,
버튼을 누르는 기계들이 사라지자 사이가 없어졌다
각자 알아서 살아,
서로 숨통을 조이는 사이가 되었다

우리는 공중으로 들리었다
너무 커져서
신음 따윈 들리지 않는 공룡의 귀,
아무도 치지 않았으나 갈비뼈가 부러지고 온몸에 피멍이
들었다
각자 알아서 구해,
목 조르지 않았으나 차례차례 숨통이 막혀갔다

*

으깨진 시간

짓눌린 골목에서 검붉은 비트즙이 흘러나왔다
제발 살려주세요,
외침이 멈추고서야 톱니바퀴가 돌고 부품들이 조립되기
시작했다

말과 문서 들의 명령
그들은 시키는 대로 헛돌았다
은폐와 삭제와 조작과 거짓이 관공서와 미디어와 거리에
흩뿌려졌다
핏물 흥건한 꽃들의 입은 밀봉되고

나는 차디찬 숫자 중 하나
밤새 옮겨 다녔다 발가벗겨진 채
구급차와 병원과 체육관과 임시 장례식장으로
짐짝처럼 실려

울부짖음은 격리되었다
내 부모와 친구와 사랑하는 사람들로부터
몸이 분리되었다 옷과 신발과 가방으로부터

하얀 시트 한장,
마지막 얼굴이 차단되었다

                          *

통곡도 사과도 없이 애도가 선포되었다
사람들은 얼굴 없는 국화에게 국화를 바쳤다
사람이 아닌 사람들은 건너편에서 꽃 모가지를 내던지고
짓밟았으나
그들은 무사하고 나날이 비대하고 우렁차갔다

우리는 함께 들리었다 저 높은 곳으로
끼워서 들리고 부딪쳐 들리고 조각난 채 들리었다
차디찬 물속에서 들리고 시루떡처럼 켜켜이
아아 저기 저 산산조각 난 심장들이 갈가리 찢어발긴
하늘 아래서 우리는 서로를 나눠 가졌다
여기저기 흩어진 뼈 끼워 맞추며
흩어진 네 곁에
부서진 내 심장 곁에

파울 첼란에게

1

꽃이 졌습니다
붓끝이 뭉개져버린 자리마다 폐허,
시들어버린 노래

파울 첼란,
내 심장은 스타카토
완전한 문장을 듣지 못해요
완성되지 않는 토막 난 말 곁에 나는 서 있습니다
품 안에서 내려놓지 못한 유골 항아리 곁에
쏟아져 내리는 모래폭풍 속
저 ── 건너편
가까운 곳에
아우슈비츠 굴뚝에서 떨어지는 검은 우유 방울 아래
공중에 누운 어린 누이 곁에

내겐 수용소에서 죽어간 어머니와 아버지
재가 된 금빛 머리카락
어린 누이가 없지만

파울 첼란, 나는 당신을 따라 기도합니다
나를 위해 아무도 아닌 자들을 위해
저 거짓의 말들을 꺾어주소서
솎아내주소서 이 사람의 말을

2
어느 한 날 꽃대 위에 버티고 앉은
폐허 한가운데에서
곡진한 모음 같은 열매 주머니가 달렸습니다
울퉁불퉁한 신의 손가락

지구가 돌기 시작했을 때부터
태양을 바라 뛰는 심장의 박동
내가 생기기 전부터
무덤이 되고 말
꽃 이후에도
꽃차례를 듣는 영혼의 귀

휘어진 말들이 돋아날 때마다

흘러내린 꽃받침의 눈물
움츠러들다 맺힌 씨앗으로의 귀향
꽃과 한통속이 된
빛의 음절

바다에 달이 뜨고 쪽파 같은 오늘이 운다

밥맛이 뚝 떨어져 입이 닫힐 때 뜬다
밥이 한울님이라는 말
한울님이 한울님을 먹는다는 말*

멍석말이당하고 뒷구석에 처박히다 처마 끝에 대롱대롱
매달릴 때 뜬다 권력도 양심도 염치조차 빼앗긴 우리가 두
드려 맞다 서로 으르렁대며 적의와 반감과 증오로 일그러질
때마저 뜬다 으깨지고 짓이겨진 풀의 비애

그 가녀린 풀들 위에 달이 뜬다
납작 엎드려야 겨우 보일까 말까 한 꽃마리야
작은 봄맞이꽃 같은 희망아 네가 한울님이다

높은 데 있는 것들이 짖어대듯 호통칠 때 말들이 말 같지
않을 때 뜬다 사람이 한울님이라는 말, 얼굴이 화끈거리고
입이 꼭 다물어질 때 뜬다

별 볼 일 없는 순간에 뜬다
가망 없다 싶을 때 뜬다

목 잘린 한울님이 뜬다 천개의 달이 뜬다

겨우내 얼어 죽지도 않고 시퍼렇게 솟아나는 쪽파 옆에
마늘대 올라오고 틈새마다 돌나물 돋아나는 봄날에 온다 할
일 없는 사람처럼 주저앉아 몇시간째 쪽파를 깔 때 온다 맨
발로 온다 휘어진 발가락으로 온다 죄인으로 온다 옹이 진
손가락으로 온다

문득 손 놓고 매운 눈 들어 올려다보는 능선에 휘어진 조
선 소나무야 어둔 땅 재 묻은 감자야 땅콩아 네가 한울님이
다 어제의 적들은 오늘도 적이고 오늘의 적들은 내일도 적
일 것만 같고 세세만년 떵떵거릴 것만 같은

천지신명 많고 많은 한울님들아 맵찬 쪽파야
피 묻은 무명 저고리 같은 한국사가 운다
까여도 까여도 쪽파 같은 오늘이 운다

* '처교죄인동학괴수'가 되어 참수당한 동학 2대 교주 해월(海月) 최시형은 이천식천(以天食天), 모든 한울님은 다른 한울님들을 먹여 살리는 밥이자, 동시에 다른 한울님들을 밥으로 삼아 살아간다고 했다. 평생 보따리를 메고 전국을 돌아다녀서 별명이 '최보따리'였다.

두통의 환각

밤새 전쟁 치른 머리가 멀쩡하다
언제 다시 망치가 다가올지 알 수 없는 호두알
네가 되어보지 않아 알 수 없는 통증
삶이란

하늘을 날던 새가 고층 유리벽에 부딪쳐 머리가 으깨진
순간
　죽는 줄도 모르고 죽었겠지 죽음이 뭔지도 모르고
　날지 마라 새야,
　녹두밭에 새야

　불길이 치솟자 송진 처발린 동학농민군 머리통이 빵빵 터
지고 있었지 콜타르 발린 이마가 지글지글 끓고 대롱대롱
나무 위에 매달려 동네가 박살 나고 있었지 한세기가 지나
도 지워지지 않는 살과 뼈 타는 냄새,
　날아라 새야, 낮에는 터질 듯하고 밤에는 조여들며 내 머
리통이 두드려 맞고 있었지 늙어보지도 못한 어린 노동자의
머리통이 스크린도어에 끼이고 있었지 컨베이어벨트 속으
로 반죽기 안으로 빨려 들어가고 있었지 돌았다 내가 돌고

지구가 돌고 역사가 돌고

　들이쉬는 숨과 내쉬는 숨 사이
　저것이 나다, 내 머리통은 비명이 상영되는 스크린
　알록달록한 비닐과 플라스틱 조각 토해내며
　죽어가는 눈먼 거북이,
　저것이 나였다

　골 터지는 소리 십리 밖까지 들리던
　어젯밤이 죽었다 죽어지냈던 시간 속에서 빛이 흘러나
오고
　처음인 듯 나무가 태어나고 있다
　하나의 세계가

　바람은 아는 것 같다
　나와 너 사이가 뻥 뚫려 있는 줄
　어젯밤과 오늘 아침이 하나로 통해 있는 줄

한국사

1

머리카락보다 가는 백년초 가시에 호되게 당했습니다
파낼 수도 뽑아낼 수도 없는 잔가시,
뿌리째 생매장해버렸지요

까맣게 잊어버리고 있던 어느 날
두툼한 손들이 올라와 있더군요
두엄 더미 헤치고 나온
선인의 손바닥,

묻어버려도 그때뿐이라는 듯
뜯어내도 그만이라는 듯

2

하지 무렵,
가시 박힌 손가락 마디마다 꽃불을 내걸었지요
어느 한 날 솟아오른 노릿노릿한 말들

가시투성이 손바닥 위에 올려놓은

젖은 부호

한때 묻힌 말들이 눈 뜨고 있었어요
가시 옆에서
가시와 함께

시간 여행
철망 속 그 눈동자

철야 농성 사흘 하이까네 딱 결론이 나는 기라. 이거 우리 끼리만 해가지고는 안 되는 기라, 광장으로 집결해뿌자고. 서둘러 짐 싸고 대학별로 서울역 가는 길 짜고 학교를 빠져나간 기라. 경찰들이 살벌하게 교문 후문 막고 서 있으이까네 산을 타 넘은 기라.

후문 샛길로 나가 몰래 능선을 타고 넘어가 성신여대 쪽으로 가다 민가 쪽으로 나와가 신설동 지나 종로통 지나는데, 순간 점마들 최루탄이 다다닥 떨어지는 기라. 억수로 황당하데. 최루탄만 믿고 빠바바박 냅다 쏘아대다 인마들이 얼매나 놀랬겠노. 그래가 대로 한가운데서 학생 대표하고 경찰 대표하고 협상을 하게 댄 기라,

그때 오른편 구석에 웅크리고 덜덜 떠는 전경 하나가 보이는 기라. 우째다 지 혼자 떨어졌는지, 그아 얼굴에 철망을 덮어놔도 겁에 질린 눈은 다 보이는 기라. 산을 넘어갔으이 돌은 천지삐까리 아니겠나. 그땐 마카다 짱돌을 던지는 때 아니었나. 혹시라도 누가 돌을 던지기라도 했으믄 갸는 어찌 됐겠노 말이다.

그때 누군가 돌 던지지 말라고 막 소리를 지르데. 군복 벗

으몬 같은 또래잖나. 또래끼리 갈라서가 지도 강제로 끌려 나와가꼬 죽을 똥 살 똥 모르는 공포 앞에 서 있는 기라. 지금 생각하믄 다들 어린앤데 말이다. 그아 눈초리가 사십년이 지나도 안 잊히는 기라. 그날 서울역에서 해산 결정하고 돌아와가 도서관에서 짐 다 정리하고 집에 왔는데, 0시에 전국비상계엄이 선포되고 광주 5·18이 시작된 기라.

바위뛰기펭귄

우리는 이를 악물고 희망하는 법을 배우지 않으면 안 된다
—차이나 미에빌

때가 되었다 가자,
흰 털은 희게 검은 털은 검게 단장하고
곱게 그들을 맞이하러 가자
가는 털마다 방울방울 떨리는 목소리
하나뿐인 심장을 알아들으려면 귀 달린 입술이 필요하고
거슬러가기 위해선 오래 걸어야 한다 미래를 낳기 위해선

사막을 건너왔다 바윗덩어리만 한 바다사자 틈 사이
돌고 돌아 왔다
뜨거운 것은 뜨겁게 맞이하고
단단한 것은 단단하게 맞서자
기껏 올라온 절벽, 파도에 휩쓸렸다
처음부터 다시 시작하자
눈보라가 앞을 가린다 기어서 가자 폭풍 뚫고 가자
배로 밀고 가자
우리의 발톱이 아이젠이고 앞날개가 팔이다

부리를 도끼 삼아 점프하며 올라가자
두 손 공손히 붙이고 가자

어머니는 얼마나 씩씩하신가
떨어져도 으깨지지 않는 배를 주셨으니
우리들의 느린 아버지는 얼마나 자비로우신가
미끄러져도 발딱 일어서는 불룩한 영혼을 물려주셨으니
뾰족한 창들이 몰려온다 셀 수가 없구나 건너편에서
날아오는 부비새 부리여 빨리 가자 뒤뚱거리며 가자
크레바스가 점점 벌어진다 다시는 이어 붙이지 못할
거대한 결루여 돌아갈 수 없다
건너뛰어 가자 저 너머로

얼음 속에서 알을 낳고
허기진 신들은 뒤뚱뒤뚱 바다로 갔다
우리의 짧은 발 위에 동글동글한 내일을 올리고
너와 나의 체온으로 덥히자 곡선을 그리며 이 밤을 견디자
낮이 폭풍우를 데리고 왔다 밤이 폭설과 더불어 왔다
미친개처럼 우리를 물어뜯고 있다

내가 밖에서 돌 테니 너는 안으로 들어가라
원은 떨어진 우리의 영혼을 하나로 이어 붙이는 것
번갈아가며 몰아치는 폭설을 함께 견디자

벽은 뚫으라고 있는 것이다 뚫기 시작하면 이미 벽이 아
니다
우리들 머리 위에서 내리누르는
거대한 벽에 빛이 새어들게
구멍을 뚫자 참을성 있게
하나뿐인 부리로
곧 새로운 새벽이 깨어나리라 한 세계가
솜털 보송보송한 너와 나의 미래

차고 넘치는 결여여,
우리는 한밤중에도 들을 것이다
번갈아 언 발 떼며 알 데우는 소리
지난한 희망이여,
우리는 한낮에도 얼음장 밟는 소리에
귀 기울일 것이다

제 3 부

예전의 심장을 돌려주세요

꽃잎 세탁소

꽃양귀비 붉은 꽃잎 위에 청개구리가 엎드려 있어서 나
도 납작 엎드려 뭐 하나 들여다봤더니, 제 목울대로 꽃의 주
름을 펴는 게 아닌가, 그 호박씨만 한 것이 앞발 뒷발로 붉은
천 꽉 부여잡고 꽈리 풍선 불어가며 다림질하는 동안 내 마
음도 꽃수건처럼 펴지고 있었다

개망초 하얀 꽃잎 위에 나비가 날개를 접고 있어서 나도
땅두릅 그늘 아래서 올려다봤더니, 계란 노른자 같은 꽃술
을 빨아대는 게 아닌가, 그 상추씨만 한 입으로 꽃잎을 빠는
동안 하얀 베갯잇 같은 구름이 간지러운 듯 몸을 뒤틀었다
하늘이 갓 세수한 듯 말개지고 있었다

달이 내 창문을 서성이고 있다

바그다드대학에 유학 갔다
귀국 날짜가 하루 늦어 난민이 된 사람
이스라엘 점령군이 국경을 닫아걸어
지척에 집을 두고 이십오년간 이라크와 시리아 레바논을
떠돈
팔레스타인 사람이 말했습니다

하늘 저 어딘가에 우물이 있다고
그 우물 곁에 새 한마리 산다고
다리가 셋인 그 새가 우물 속에 들어가
물방울 하나 찍어 물고 밤낮 달려온다고

그 새가 당신 이마 위에 이슬을 떨어뜨린다고
그 한방울이 시라고
그 한방울이 신이라고

겨울을 데우는 호박등 같은 달을 가리키며
팔레스타인 시인 자카리아 무함마드가 말했습니다
부를 때는 아마르

쓸 때는 까마르
그가 지어준 이름은 뱀이 기어가다 혹 짊어진
나귀가 되어버린 달이었습니다

뱀은 가장 낮은 데 살지만 가장 길고
당나귀는 천천히 가지만 길게 간다고
마치 겨울처럼

멀리 팔레스타인에서 붉은 장미 같고
튤립 같은 폭탄이 떨어집니다
살점 같은 꽃들의 머리

축축한 달빛 입에 문 새가
오늘 밤 제 창문을 톡톡 두드립니다

신이여, 우리에게 예전의 심장을 돌려주세요

석류알로 가득했던
그 심홍색 등불을*

* "신이여, 우리에게 예전 머리를 돌려주세요. 꽃양배추의 꽃과 같았던 그 머리를 돌려주세요. 별들로 가득 차 있던 그 머리를"(「불가능」, 『우리는 새벽까지 말이 서성이는 소리를 들을 것이다』, 오수연 옮김, 강 2020). 자카리아 무함마드 시인은 2023년 8월 2일 영면하였다.

살아 있는 집

반백년 만에 찾아간 옛집엔 흙 묻은 맨발바닥이 엄마 치마폭 잡고 우물가를 돌고 있었네 한배에서 난 강아지들처럼 언니 오빠 들이 오물조물 모여 젖을 빨고 있었네 몇십년 전 뒤뚱뒤뚱 걸음마 지켜보던 돌담이 무너져가며 서 있었네

누군가의 첫 울음소리로 간신히 지탱되는
생가(生家)란 살아 있다는 뜻일까
죽은 것은 죽은 대로
무너진 것은 무너진 대로

옛집이 수런거렸네 파인 황토벽 사이 뼈대가 드러난 사랑채엔 옆집 포리똥나무가 기웃거리고 포도나무는 늙지도 않고 맑은 새끼들을 주렁주렁 내보내고 있었네 반나마 사라진 천장, 골 깊은 목수국 이파리들도 잘만 자라 하늘과 푸릇하게 내통하고 있었네 하얀 등불 수백개가 한꺼번에 켜지는 것 같았네

돌과 흙으로 반죽한 변소간
우북하게 솟은 재 속에 꽂혀 있던 삽자루 같은

술 취한 아버지가 키 큰 접시꽃에 오줌을 갈기고 있었네
시조 흥얼거리며 침 퉤 뱉으며

기억이란 믿을 게 못 되는 바람둥이 애인, 라포리에서 물
웅덩이 몇 건너야 도착하던 머나먼 용동, 큰아부지 집이 지
척이었네 고사리손 몇 이으면 단숨에 작은아부지네 마당,
주렁주렁 달린 감도 딸 수 있을 것만 같았네 훈김 나는 닭죽
냄비 들고 심부름 가던 모퉁이집 왕고모 할머니네도 몇걸
음, 요에 오줌 싸고 잘방잘방 소금 얻으러 가고 있었네 콩깍
지 날리던 키를 머리에 뒤집어쓰고

엄마 머릿수건이 희끗 보이던 목화밭이 덤불숲 되어도
살아가고 있었네 그 자리에서
닭은 횃대에 올라가 자랑스레 울고
돼지는 여전히 짚풀 위에서 꿀꿀거리고

윗목 수수깡 울타리 속 고구마들처럼 함께 자고 있었네
팔다리로 노 저으며
잠꼬대도 하며

삽목

살구나무 옆에 다수굿이 숨어 지내던 수국이었다
삽질에 잔뿌리 잘려 나갔어도 곧게 올라가는 푸른 중심
달아나려는 듯 내처 옆으로 뻗어나간 마른 손가락들이
었다

밤새 어둠에 기댄 잘린 가지에서 잎이 돋아났다
깁스한 듯 두툼한 옹이 언저리에서 나온 푸른 부호
복숭아뼈께 달린 몇올, 손금 같은 실뿌리

스물세살 알바 대학생이 작업 첫날,
삼백 킬로그램 컨테이너 철판 날개에 깔린 날
수액이 끊긴 사지
몇행의 전생을 절뚝절뚝 걸어온 발목이었다

희망은 어떻게 제 입술을 열어가는가
빛을 향해 허공에 쓴 푸른 글씨,
다시 묻힌 어린 봉분이었다

먼 산

비 잠시 쉬어가는 오후
달이 밥 주러 갔더니 제집에 들어앉아 꼼짝 않는다
고양이가 찾아와 제 밥그릇 움켜잡는데
달이는 먼 산만 바라본다
털이 젖은 냥이가 눈치도 안 보고 느긋하게 식사하는데
달이는 시치미 떼고 앉아 있다
제 것이 아니라는 듯

달이 밥그릇은 온 동네 밥
쥐들도 가끔 찾아오고 새들이 밥그릇 속에 들어앉아도
나는 안 보고 있다는 듯
먹다 싸우다 물고 가다 떨어뜨려도
나는 모른다는 듯
퉁퉁 불은 밥이 물그릇에 떠다녀도

달이가 바라보는 먼 산
안개가 산을 휘감는지
산이 안개를 붙들고 있는지

드림타임

페이지만 달라질 뿐
잠시 눈을 뜨면 관들이 지나가고
지폐와 책을 태워 몸을 덥히는 자막이 지나가고……

자율신경이라 했나요
인간은 어디까지 자율적일 수 있을까요
숨이 쉬어지지가 않아요 쉴 새 없이 돌아가는 시간의 수
레바퀴
정신이란 말이 온전한 정신을 일컫긴 하는 건가요

돌각담에 올라 꽃 꽂고 놀던 아홉살이 되어
그 오월 푸르던 날 오동나무 잎새 타고 흐르던
초승달 타고 하얀 꿈속으로 흘러가고 싶어요
행간에 숨은 적막
방울방울 검은 포도알처럼 드리워진 얼음나라,
받들어 모실 왕도 상사도 없는
땅속에 든 신민들 속에서……

갯바위에 납작 붙어 바다를 들이켜고

바다를 내쉬며 순하게 붙어 자는 거북손이나 딱지조개

처럼

가시가 품은 노란 성게알 수북 담아

침 고인 입에 넣어주던 굳은살 박인 수저이고 싶어요

그러다 서로에게 곯아떨어지는 잠꼬대이고 싶어요

*

하루 스무시간

질주가 운명인 운전대를 놓았다

내 뇌는 비대칭

분리되었던 칸막이가 떨어져 나갔다

셔터를 내린 듯

천억개의 별이

차례로 꺼지고

*

잠결에 곰 가죽 둘러쓰고 곰이 된 내게
총을 흰두루미라 부르는 종족들이 지나갔다
밥공기를 둥근 것이라 부르고 먹고산다는 말을
논다고 재잘대는 참새들이
떼로 찾아왔다

숲을 집과 나뭇가지가 있는 곳이라 노래하는 산비둘기와
화약을 검은 쌀가루라 부르는
미개인들이 찾아와 말했다

내가 바로 당신입니다
최초의 인간은 시와 음악으로 이야기했지요
털가죽을 쓴 당신이 나고
당신을 잡아먹은 내가 당신이지요

당신은 당신이 되기 위해 먼 길을 돌아왔네요
야생 염소와 인간 사이
왕과 족장 사이

동굴과 절벽 사이
곰과 총 사이
초목과 벌레 사이

*

잠들었다 시와 음악으로 이야기한 최초의 인간들처럼
뒷소리가 앞소리를 이어받는 푸가의 멜로디 속에서
파도처럼 새근거리며
시큼한 멜론 냄새 풍기는 품에 안겨

까마귀쪽동백 이파리처럼 빛나는 테두리
갯까치수영 흰 꽃처럼 맨드르하게
갯메꽃 땅채송화처럼 바닥에
납작 붙어서

우두커니

중환자실에서 나와 휠체어 타고 병원 밖으로 나와보던
날, 끝도 없는 자동차 행렬이 꿈틀거리는 붉은 용 같았어요
시력이 회복되려면 몇년 걸릴지 모릅니다, 흐린 의사의 말
이 늘어진 테이프처럼 한없이 느려지고 있었지요

뿌연 눈으로 바라본 거리, 꽁지마다 켜진 미등이 아프다
는 신호 같았어요 밟지 않으면 받힐 것 같아서, 밟고 있지 않
으면 밟힐 것 같아서 과부하와 과로를 싣고 꾹 참고 브레이
크를, 힘을 다해 액셀을

나는 잠시 액셀이 고장 나 튕겨 나온 부품 중 하나, 질주에
서 밀려난 자에게도 켤 불이 있다면 나는 풀숲에서 갓 깨어
난 아주 작은 반딧불이, 깜박거리며 단 한걸음 옮기는 일에
전력을 기울였죠 보도블록 한뼘도 언덕을 오르는 것 같아
벽 짚으며 담쟁이넝쿨 잡으며

종잇장 같은 시트에도 베이는 듯 아파, 보일러 돌아가듯
숨 몰아쉬며 바로 옆, 앞에서 들리는 신음 한가운데, 중환자
실 공중에 솜사탕같이 가벼운 연둣빛 흔들침대를 걸고 할머

니 자장자장, 그네 흔들어주며 꿈결처럼 아가야 자장자장,
노래 부르며

　우리는 모두 하나의 책에서 찢겨 나온 낱장이었을까
　몇발도 못 떼고
　내가 나를 밟아버린 것 같아서
　휠체어 붙잡은 채 우두커니

시간 여행
옷장 안에서 야근을

아 유춘열이라는 사램이 있는데 손기술이 억수로 좋다 카이. 선반이고 밀링이고 금형이고 용접이고 못하는 게 읎는 기라. 삐쩍 말라갖고 맨날 기름칠에 땀범벅에 새까마케 눈만 보여 차돌멩이라고 불렀제. 눈짝은 짝 째지고 깜장 구두광 내논 거맹키로 눈알은 뻔쩍뻔쩍허고 광대뼈는 툭 튀어나온 거시 딱 서울로 압송되는 전봉준인 기라.

어둑어둑해져서 차돌멩이 집엘 갔지럴. 갔는디 아 글쎄, 창문을 죄다 담요로 막아놨는 기라. 고것도 모자래서 내 참, 차돌멩이가 비키니 옷장을 떡 가리키는 기라. 비닐 쪼가리에 자꾸 달아서 쫙 끌어 내리는 옷장 안 있나! 나 참, 내가 잠바때기도 아이고 베개도 아이고, 헤드랜턴 이마빡에 딱 달고설랑 옷장 안에서 전동 타자기를 두드렸다 카이. 먹물 묻혀 롤라 밀어 피를 맨들어갖고 나오이 밖이 희붐하더라꼬. 근디 차돌멩이 어매도 누부도 같이 밤샘을 했더라꼬. 테레비 라디오 돌아가미 틀어놓고 온갖 냄비 그릇 다 내놓고 우당탕탕 설거지하민서 꼴딱 새웠더라꼬.

그 덜 마른 피 몰래 나눠 들고 명동성당 앞에 가서 차돌멩이가 연설을 하는디 그런 구경이 읎었제. 사람들 속에서도 한눈에 딱 들어오는 기라. 넥타이부대들이 우우 몰려나옹께 흰 백일홍 속에 콜타르 같은 씨앗 하나가 쑥 떠 있는 기라. 마침 져가던 해가 차돌멩이 뒤통수에 딱 걸렸는디 참말로 그런 장관이 없었제. 그담 날인가 담담 날인가 노태우가 존경하는 국민 여러분 어쩌고저쩌고카더만. 아, 대통령을 직선제로 하겠다고 말이여! 천안 어딘가에서 마찌꼬바 한단 소문은 들었는디, 물어보나 마나 시방도 맨날 야근에 기름칠에 땀범벅에 까맣겄지 머.

시간 여행
소파 타도

십육년 하다보이 전문가가 다 됐삤다,
너는 웃는다
하루 삼백개씩 철판에 빠레뜨 얹어 단디 싸매고
사방 삥 둘러가메 테이프 붙여가 번쩍 들어 트럭에 싣다
보이
이젠 포장 전문가들 저리 가라가 됐삤다,

이 멍충이가 각서에 서명을 안 해 퇴직금도 몬 받고 쫓겨
났다꼬,
너는 웃는다
낙동강 오리알 신세가 되야가 실업급여 교육받으러 간
다꼬,
사이사이 청소도 댕기고 유리창 닦는 알바도 댕긴다꼬,

행과 행 사이
웃음이 나를 들어 올린다
웃음소리만이 삶
말은 창살 같다 너무 많은 것을 요구하는
셋집 주인처럼

목련꽃 피어나던 1983년 어느 날 문리대 돌탑에 올라간 너는, 허리에 밧줄 꽁꽁 묶고 빨간 스프레이로 '파' 자 겨우 쓰고, 밧줄이 출렁거리다 뒤로 밀리는 통에 'ㅛ'가 'ㅗ'가 돼버린 '소' 자 쓰고, 밧줄 확 땡겨 '타도'마저 써서 '소파 타도', 쇼파 타도를 외치다 득달같이 올라간 짭새 곤봉에 두드려 맞다 사지 납작 들려 개처럼 끌려간 너는,

　　도서관 로비에서 다리 흔들거리며 노래하던 너는
　　가진 돈은 없지만 천개의 언덕 위에서 아침을 보여주겠다던
　　네게 입 맞추고 일곱송이 수선화를 선물하겠다*
　　흥얼거리던 너는
　　지금도 유리벽을 타는 너는

* 브라더스 포 「일곱송이 수선화」 가사에서.

95

내 이름은 아르카

1986년 4월 26일 체르노빌 원자로 4호기가 폭발한 이후
죽었다는 백오십만명,
그 수치에는 풀과 벌레와 나무와 동물과 흙과 물방울은
포함되지 않았습니다.
어떤 소중한 건 너무 소중해서 보이지 않기도 합니다.
눈물방울이나 남몰래 한 기도는 셀 수도 알 수도 없습니다.
나누고 쪼개고 합한다고 알아지지 않는 생명처럼

2011년 3월 11일부터 후쿠시마 원자로가 연쇄적으로 폭발
한 이후
유출된 방사능 물질 피해에
물고기와 개와 고양이와 소와 멧돼지의 숫자는 없습니다.
다 자란 오이 배에서 가지가 돋고
다 큰 토마토 배꼽 속에서 잎이 솟아나도

나는 비쌉니다.
초기 자금만 해도 28개국에서 칠억 육천팔백만 달러 기부
받았죠.
감마선을 견뎌내는 고품질의 강철 만 팔천 톤

백오십 미터 이중막
클 뿐만 아니라 무겁기까지 한
내 이름은 아르카입니다.

썩지 않는 죽음, 재앙을 봉인하는 나는 귀중품의 집입니다.
히로시마에 투하된 원자폭탄 이천육백개 분량의 핵물질
이 나의 귀중품입니다.
죽었지만 아직도 숨 쉬는
죽음의 재가 내가 보호해야 할 재산입니다.

백년 너끈히 버틸지도 모르는 귀중품
나와 당신 안에는
무엇이 숨 쉬고 있을까요?

비명 곁에서 비명도 없이

문자를 입지 못한 저 와불은 입이 무겁구나
칠십년 지나도록 모음 한자 얻지 못한
저 관짝 같은 백비(白碑)는
하늘로 가는 돛대에 새겨진 이름
기립 자세로 굳어버린 14,738기의 돛
이름도 짓기 전에 떠난
여기야, 여기
부서진 모국어에서 자음들이 튀어나온다
거기야, 거기
나를 잃어버린 잿빛 돌 속에서
제주 4·3평화기념관에 누운 백비는 와병 중이시다
4,007기 행방불명 표지석을 등지고
꺼억꺼억 눌러놓은 돌 밑에 깔린
숨은 말들이 식은땀을 흘린다
돌 속을 떠도는 말은 언제 눈 뜰까
비명을 깨물다 돌처럼 굳어간 아무개
백비,

아무리 나눠도

언니야, 엄마 몇 밤 자면 와?
언니야, 우리 몇 잠 자면 집에 가?
막내가 자꾸 보챈다
나보다 똑똑한 동생이 모르면 나는 더 모른다

대답하기 귀찮아서 소낙비를 센다
한송이 두송이 세송이……
일기장 펴놓고 소낙비를 그린다
엄마 비 아빠 비 동생 비……

선생님이 말했다
송이야, 이제 네가 가장이야, 동생 잘 돌봐야 해
듣기 싫었다 교통과 사고라는 말을 나눴으면
소녀와 가장이라는 말도 나누기했으면 좋겠다

내 일기장처럼 창밖이 까만 줄로 가득하다
한송이 두송이 세송이……
내 이름은 한송이
빗소리처럼 아무리 나눠도 내가 많이 남았다

삼십년 후, 소년 소녀에게

광화문 세종대로에서

1

2023년 8월 24일,

인류는 한번도 가보지 못한 길을 선택했다

엘니뇨, 미래의 소년들이여,

너희 선조들은 핵물질을 열배 희석한 오염수를 바다에 흘

려 넣기 시작했다

삼십만년 동안 단 한번도 해보지 않은 일이었다

라니냐, 아 냉철한 미래의 소녀들이여,

천이백오십 톤을 방류하면 지하수가 백이십오 톤 들어온

단다

지하수를 열배 희석하면 천이백오십 톤,

하루에 이천오백 톤 오염수를 바다에 투척하기 시작했다

삼십년간 이억 칠천만 톤이라니

너희가 살아갈 바다를 서서히 죽이기로 결심했다

어른들끼리

훔쳤다 너희들이 먹고 살 미래의 시간을

권력은 결정했다 집단자살의 길을

엘니뇨, 오, 이럴 수가*

2

후쿠시마 원전 저장탱크에는 백삼십사만 톤의 오염수가
쌓여가고 있었다
　그냥 가지고 있으면 될 일이었다 천개가 차면
　천개의 탱크를 만들면 될 일이었다

　그들은 저희끼리 결정했다 돈이 가장 적게 드는 길을
　썩지 않는 핵연료와 철근과 콘크리트 찌꺼기가 녹아 있는
　오염수를 바다에 버리기로,
　가장 값싼 길은 가장 위험한 길이기도 했다
　그들은 현재에게도 미래의 너희에게도
　선택권을 주지 않았다

3

바다에 핵오염수를 방류함으로써 누가 이익을 보는가
도쿄전력이다 일본이다 몇 사람뿐이다
누가 손해를 보는지, 오, 라니냐, 너는 알겠지

지구상 모든 생명체와 바다와 하늘과 바람이지
아니지, 이익의 반대말은 손해가 아니라
바로 죽음이지

여기에 있는 우리의 죽음이 아니라
십년 삼십년 육십년 백년 후에 올 너희의 목숨이지
미래의 너희 부모가 지금 우리의 자식들인 것처럼
바다와 땅과 공기는 모두 연결되어 있기에
땅과 바다와 사람은 한 몸으로 이어져 있기에

오, 엘니뇨, 따듯한 바닷물 같은 소년이여,
너희는 바다에서 헤엄치고 모래집을 지을 수 있을까
내가 만나지 못할 삼십년 후 소녀들이여, 미안하다
우리는 아직 이 죽음의 길을 멈추게 하지 못했다

후쿠시마 오염수 투기를 철회하라
지금이라도 멈춰라 죽음의 방류를

* 무역풍이 약해져서 엘니뇨가 생기면 두붓값이 오른다. 바닷속
찬물이 올라오지 않으면 정어리가 잡히지 않을 뿐만 아니라, 뭍
에도 폭우와 가뭄이 심해져 콩 농사도 망치기 때문이다. 그래서
바닷사람들에게 엘니뇨는 '소년'이자 '신의 아들'이며, "오, 이
럴 수가" 깜짝 놀라는 일이기도 하다.

네모난 알

우편물을 꺼내려다 난데없이 새알을 만나듯 화들짝 깨어나게 하는 애들이 있어요 나사못 통이 딱새의 집이 되고, 우체통이 신생아실로 거듭나듯, 낡은 유모차가 맞춤한 택배 상자가 되고, 깜깜한 철통이 뒤뚱대다 날아가는 출발역이 되기도 하지요

열어보기 전에는 모릅니다 예기치 않게 찾아든 손님, 시한부 고지서나 독촉장 같은, 청하지 않았어도 배달된 편지들은 사실보다 늦게 고지되지요 문득 찾아온 부고처럼

아기 새의 깃털을 떠올리다 딱딱한 책이 잡히는 저물녘, 우체통 속에 처박혀 있던 시집이 따스한 새알 같아서, 어둠을 깨고 나온 어린 새의 날갯짓만 같아서, 흙 범벅 된 상추 낯 씻기듯 먼지 쓸어내고 가슴에 품어보는 저녁

막 깨어난 아기처럼 당신의 젖은 시집에서 따스한 훈김이 났어요 탄생을 축하해요! 한 음절씩 키워간 네모난 밭에서 동글동글한 상형문자들이 새처럼 날아오르네요

제 4 부

당신이 촛불입니다

광덕 부르스

눈꺼풀이 가물가물 내려오는
다 늦은 저녁에 무신 마을 회의를 간다고
단내 폴폴 나는 감자 쪄 들고
우정인 어매가 납작 엎드려 계단을 오르는디
엉거주춤 팔 하나 쭈욱 뻗어 계단에 올리고
팔 하나 납작 내려 다리 움켜잡고
흔들흔들 다리를 마악 들어 올리는디
어라, 마침 건너편에서 절뚝절뚝 걸어오던 종분씨가
후다다닥 달려와 우정인 어매 엉덩이를 살짝 받쳐 드는디
얼레, 허리에 두 손 받치고 뒤로 자빠질 듯 다가오던
금례씨가 넘어진 아이 안듯 어매를 일으켜 세우는디
얼쑤우, 허리에 기합 넣고 으드득 일어서는디
아싸아, 흙 묻은 손바닥 탁탁 터는디
감자 껍질은 툭툭 벌어지는디
마침 감나무 가지에 걸린 저녁노을에
풋감도 은근슬쩍 물들어가는디

시간 여행
철로 옆에 연탄방

도원동에서 도원결의 맺고 난생처음 얻은 셋방
배다리 헌책방 골목 사거리 파출소 옆 켜켜이
포개져 있던 꿀 줄줄 흐르는 호떡들
크림빵 팥앙꼬빵 도넛 냄새가 이어지던
곱창 같은 창영동 골목
새까만 연탄 옆에 굴속 같은 부엌
라면과 김치와 밥이 함께 끓던
흙 바른 아궁이 위에 석유풍로
한그릇 고봉밥으로 셋이 나눠 먹던 오봉 밥상
먹 같은 벽에 환히 웃고 있던 달력 속 비키니 여자
경인선 전철이 지나가면 방도 따라 덜컹대던
기차가 머릿속을 지나가듯 울렁거리던 방
몸을 앞뒤로 흔들며 어지럼증 달래던
철길로 뚫린 창문 하나
그 뜨겁던 여름
도원역 펜스 옆에 전신주
딱 기둥 하나만큼의 그늘
땀 식히기에 족하던

갓 눈 뜬 솔잎 위에

요양병원 복도 한가운데
길고 넓은 책상 위에 가을 쑥과 갈대와 구절초
옆에 붉고 노란 단풍잎과 은행잎

지팡이 짚고 모여들었다
단풍잎 만져보고 쑥 향기 맡다 소년 소녀가 되었다
큰 양푼에 밀가루 넣고 물 부어가며 반죽하고
물감 짜서 밀가루에 색 입히며 아이로 돌아갔다
색물 들인 찰흙 만지고 콩과 팥과 쌀과 보리 심다
어매 아배가 되었다

지도에도 안 나오는 배태기산 돌짝밭에서 돌을 고르다
덜망을 안아 흐르는 시냇물 소리 흉내 내다 노래 불렀다
새참으로 빈대떡과 막걸리 내왔다고,
어깨춤 췄다 허공 쭈욱 들이켜며

엊그제가 동지였다고,
색 찰흙으로 팥 끓이고 흰 찰흙 굴려 옹심이 빚으며
시간을 주물렀다

설날이 가차워진다고,
얼씨구 절구통에 떡쌀 찧고 절씨구 떡국 끓였다
사인펜 밀대 삼아 만두피 만들고
찰흙에 국화 꽃잎 올려 화전 지지고

어매 아배가 자라 어린애가 되었다
섞이다 한데 모인 시간의 풍차는 양쪽으로 돌고

낼모레는 크리스마스
밀가루 흩뿌리자 눈이 내렸다
구절초 꽃잎에 단추 꽂아 교회 종 세우고

거꾸로 가는 시간 속으로 종소리가 날아들었다
이슬을 물고 오는 새의 나래짓
새벽이 멀지 않았다
부르르 떨며 갓 눈 뜬 솔잎 위에
떨어뜨리는 시간 한방울

잃어버린 문법

팽나무 핑 하니 지나 낟가리 마당 날래 지나 돌팍 계단 헉 헉 올라 느그 당숙이 우리 집 안마당으로 막 들어선께로 겁 나게 큰 수리 하나가, 아이고야 두레박보다 큰 수리가 우물 가서 두 발로 니를 확 낚아채갖고 날라다가 놓쳐불고 날라 다가 놓쳐불고,

느그 당숙이 막 뛰어감시롱 소리소리 지름시롱 손 휘이휘 이 휘저슴시롱 우물께로 달려간께로 수리가 휘익 날라가부 렀다고, 그때 느그 당숙이 아니었으믄 잊어불 뻔했다고, 까 딱했시믄 울 막둥이 놓쳐불 뻔했다고, 영영 떼아버릴 뻔했 다고,

잊어버리지도 않고 그때로 돌아가 이야기해주던
엄마는 알고 있었던 게다 깜빡 잊어버렸을 뿐
있는 것은 도저히 잃어버릴 수 없다는 것을
잊어버리다와 잃어버린다는
문법을 모르는 엄마는 잊지도 잃지도 않았던 게다

뭔가 귀한 것을 잃어버린 것 같아

옛 우물가를 서성이는 밤
우물 곁 짚통가리로 녹슨 놋그릇 빡빡 씻는 소리
두레박 물 위에 달이 찰랑대는 소리
내 곁에 있던 뭔가를 자꾸 놓쳐버리는 것 같아
엄마 대신 땀 흘리던 이마 위 베수건 같은 거
둥그런 밥상에 둘러앉은 흙 묻은 웃음소리 같은 거

내게서 떨어져 나간 아주 작은 것들이
내 곁에 바짝 붙어 앉아 옹알거리는
풀벌레 우는 밤

상복(喪服)

묵은눈이 밤새 마술처럼 사라진 것을 본 적이 있는가
어제오늘 내린 눈도 아니고 도둑눈 가랑눈 떡눈 진눈
눈이란 눈들이 한자리 차지하고 쇠눈 숫눈 생눈 사태눈
겨우내 쌓이고 얼어 돌탑이 된 얼음덩이가
한순간에 녹아버린 것을 본 적이 있는가
두부 속으로 들어간 혀처럼 눈 속으로 슬며시 잠입한
뜨거운 입김들의 깊숙한 혁명을
아이스크림 한 입 베어 먹고 언제 그랬냐는 듯
시치미 떼고 언덕배기로 냅다 달리는*
눈물투성이 밀사들,
꽝꽝 얼어붙은 눈은 속에서부터 스러진다
층층이 쌓여온 눈은 밑에서부터 삭아내린다
어느 날 갑자기 폭삭 주저앉는다 그제야
여기저기서 상복 벗어 던지는 소리
들판이 새파랗게 술렁인다
봄이 일어선다

* 안승일 사진·윤제학 글『깊은 산 외딴집』.

112

잠시 멈춰 서서

순식간이었다 갑자기 앞이 안 보이게 된 것은, 환한 전깃불이 끝없이 도열된 진부터널을 지나자 어둠이 덮쳐왔고 일시에 차들이 멈췄다 버스도 견인차도 중장비차도 앰뷸런스도 속수무책, 어둠의 실체가 안개였음을 깨닫는 데는 잠시라는 시간이 필요했다

너무 높이 올라왔구나,
하얀 것이 어둠과 한통속인 길 위에서
모두가 동시에 멈춘다면 얼마나 좋을까
잠시 멈춰서 안개가 걷히길 기다릴 수만 있다면

무덤 같은 터널 속, 안개는 점점 짙어졌고 안과 밖이 분간되지 않았다 멈출 수도 갓길로 피할 수도 없었다 보이는 것이라곤 깜빡거리는 앞차의 비상등뿐, 길이 뒤로 말려 들어가는 것 같았다

하얀 어둠 속, 자정을 향해 가는
꺼져가는 등잔불 따라가는 장례 행렬
모래시계 속에 갇혀서

양미숙의 철화분청사기

계룡산 뒤뜰에서 흙을 주무르는 동안 어머니가 풀죽을 쑤
고 계셨지 저기, 저 배미골 뒷산에 올라가면 백설기 같은 흰
흙이 있어, 한뼘 흙이 더글도 없이 흰데, 쌀가루 여기듯 빈
바가지에 흙을 긁어 담는 어머니

흙이 물에 젖고 물이 흙 속으로 스며들었다
흙을 주워 담는 흙빛 손에서 아아아, 소리치면 아아아, 받
아주는
텅 빈 입, 달항아리가 떴다

불가마가 타오르는 동안 솥 안에서 푸성귀 죽이 끓고 있
었지 배 속에 들어간 흙죽이 물을 다 빨아먹었지 그러니까
똥구멍이 찢어지게 가난하단 말은 흙의 말

기역 자로 뒤틀린 매화 가지에 돋아난 핏방울
빛을 향해 기어간 생채기 난 무릎
꺼지지 않은 푸른 눈꺼풀

그대 안에도 내 핏줄에도 붉게 흐르는 피톨처럼 어우러져

서 피었다 섞여서 피었다 기다림을 먹고 핀 검붉은 산, 옛적
곰나루에서 소나무가 날개를 펼친다

    노을 짙은 금강을 물고
    쏘가리가 튀어 오른다
    살자 살아보자

농담

　머릿속에서 종일 물소리가 난다 뇌 수술하던 날도 종일 비가 왔다고 했다 눈을 떴을 때 주저하며 다가오던 빛, 눈 감고도 볼 수 있었다 방금 무슨 일이 있었던 거지, 알 길이 없었지만 장난치는 꼬마 손에 붙들린 개구리처럼

　중환자실에서 중해진 것은 늘 있어온 것들, 있는지도 모르게 숨어 살던 것들이었다 숨이라든가 물, 가래나 오줌이나 똥처럼 천하디천한 것들이었다 생과 사를 가르는 것은 물 줘, 물, 사타구니에 빨대를 꽂아 온갖 진통제를 들이붓고서도 진정되지 않는 통증들의 진열대

　뱃고동 소리 같은 게 들리기도 했다 한번 실려 가곤 다시 돌아오지 않는 소리들, 산 자들의 통곡이 복도에서 후렴처럼 들리는데, 문득 천연덕스러운 대구가 들려왔다 아유 딴 데서 가래 좀 빌려 와유, 가래 안 뱉으면 죽는다고 의사한테 혼나던 할머니 말엔 아마도 눈물이 매달려 있었을 것이다 웨에에, 웨에에, 쓸 만큼 쓴 애 끝에 나온 외침이 내게 와서 웃음이 되었을 것이다

되돌이표 같은 대구

다시 삶으로 복귀하겠다는 농담이란 신음의 뒷면

고통을 잠시 웃겨서라도 살아야겠다는,

그 한방울의 젖은 웃음 위에

나는 돛단배를 띄웠다

말라붙은 바다 위에서 돛이 펄럭거리고

희디흰 한필의 옥양목에서 한없이 풀려 나오는 노래

몇조각 남은 갑판에 올라서서 나는 가까스로 노래 부른다

오늘 노래는 액체로 흐르고 아직 부를 노래가 남아

농담처럼 살아남은 나는 신의 음식

신음을 들이켠다 웃으며

공양(供養)

백두대간 대간령 아래
고성과 인제를 오가던 보부상들이
잠시 등짐 내리고 쉬어 가던 곳

한때 말을 사고팔았던 마장터
나무숲 사이 통나무 세우고 흙 이겨 방 한칸 들이고
지붕에 굴피 덮었다

산 나무 앞에 돌무더기 쌓아 제단을 세웠다
상 놓고 물 한잔 바쳤다
향 피우고 촛불 켰다

건빵과 새우깡과 초코파이, 여름날엔 길손이 주고 간
캔 커피와 달달한 음료수도 놔드렸다
두 손 비벼 상 위에 핫팩 올리고
흰 사발에 고봉밥 꾹꾹 눌러 담아드렸다

밤낮 달려온 눈보라처럼 떠는 넋들
잠시 언 몸 녹이고 머나먼 길 다시 떠났다

비바람에 업혀 떠도는 넋들
허기 채우고 잠시 목 축이다 갔다

간첩 조작 사건에 연루되어 도망 왔다
오십년 가까이 숨어 산 노인,
퍼석한 몸 한채가 통째로
서낭당이었다

어마어마한 도시락

인천 이미혜에게

눈 내리는 밤
일 없는 사람처럼 호두를 깐다
망치에 얻어맞고 얼떨결에 벌어진 껍데기 속에
도시락이 들어 있다 칸막이 반찬통 속에
공손히 앉아 있는 흰밥

조만간 떠나갈 자식 품에 두고두고 먹을 도시락 넣어두는
일은 호두 껍데기처럼 단단하다 헛물 다 말리고 뜸 들여 밥
지어 내보내는 일은 영원을 기약하는 마음, 땅속에 파묻힌
아기들이 언젠가 두 손 펴 들고 나오리라 굳게 신뢰하는 마
음이다

한번 떠나간 도시락들은 돌아오지 않는다 조각난 채 튀어
나간 주먹밥, 그래도 그 자리에서 밥 담아 넣는 나무는 어마
어마하게 푸른 마음, 귀 쫑긋 내밀며 봄마다 새로, 처음부터
다시 희망 꾹꾹 눌러 담은 고봉밥 같은 마음이다

가만히 앉아서 호두알을 깬다
쌓여가는 껍데기 옆

도마 위에 찐득하게 붙어 있는 으깨진 밥알 모으고
대바늘로 부스러진 밥을 꺼내는 밤

호두나무 시린 무릎까지
눈이 덮인다

또다른 눈물

작년 봄 보령 사는 김환영 화백이 보내준 토종 오이 씨앗
이 자라 팔뚝만 해졌다 노릇한 오이 반으로 쪼개 속을 긁어
내다 문득 마주친 책, 지상에 숟가락 하나, 옆에 제주4·3사
건 추가진상조사보고서 1, 여기 사람이 있다, 사람이 없었다
고 한다,

숟가락에 긁힌 자리마다 끌려 나온다 속살 속에 숨어 있
던 씨앗들, 나란히 줄 서서 층층이 박힌 책 이름을 읽는다 이
갸륵한 시들의 속삭임, 세계의 비참, 운다고 달라지는 일은
아무것도 없겠지만, 심장에 가까운 말,

책으로 둘러싸인 작업실이 젖는다 뚝뚝 끊어지는 죽음의
푸가를 닮은 동물의 영혼, 렉서스와 올리브 나무, 죽음의 밥
상, 수탈된 대지, 불한당들의 세계사, 우리는 매일매일, 불편
한 온도,

내가 읽은 책들이 대자보를 쓴다 최루탄과 짱돌 사이 두
루마리 화장지를 내려 보내던 빌딩 속 와이셔츠들, 그 뜨겁
던 유월의 눈꽃이 떨어지는데, 모던 파시즘, 아무튼 씨 미안

해요, 좌파와 우파를 넘어서, 당신이 어두운 세수를 할 때,
민주주의의 민주화,

볼링공 굴리듯 흩어진 짱돌 살살 굴려주던 퇴근길 넥타이
들처럼, 또다른 눈물들이 받쳐주고 올라서며 저물녘 책들이
시를 쓰는데, 부서진 미래, 이봐 내 나라를 돌려줘!, 끝없이
열리는 문들, 지옥에 이르지 않기 위하여,

태풍보다 먼저 올라온 비에 매화나무는 젖는데, 지하도
는 물에 잠기는데, 집이 떠내려가는데, 구명조끼도 없는 책
들이 울부짖으며, 물에 빠진 아이 구하기, 디디의 우산, 아부
알리 죽지 마, 인간의 시간,

책 한권 없는 일곱살 아이가 언니 오빠 미술책 읽듯 어머
니 학교, 아배 생각, 씨앗 하나가 오이가 되기까지 나는 여기
가 좋다, 마을이 세계를 구한다, 오래된 미래……

희망세상

연명치료를 거부한다는 사전연명의료의향서를 작성하고
건강과나눔에서 한층 내려와
협동조합 공생에서 밥을 먹는다

부평구 창휘로10번길, 희망세상 건물엔 한 지붕 여섯 식
구가 산다
좋은돌봄협동조합 공생플러스
옆에 춤추는달팽이도서관
위에 나눔과함께

한때 희망세상어린이집이 있던 곳
사이좋게 오래오래 잘 지내자, 아이들 노는 소리 쟁쟁 울
리는데
그 아이들이 자라 부평재가노인지원서비스센터 팻말을
걸었다

키 낮은 집들 올망졸망 숨 쉬는 골목
고철과 비철과 파지 옆에 절집인가 점집인가
헛갈리는 우보암이 붙어 있고 희망세상 옆에

희망빌라가 바람을 막아주는 곳

접근 금지
설치미술 같은 노란 테이프 옆에 휘갈긴 가스 ×
붉은 글씨 너머로 아파트가 자라듯
기울어진 건물 아래서도 담쟁이는 오른다

지붕을 한바퀴 돌아온 납작한 희망들이
처마 끝에서 다시 내려온다

당신이 촛불입니다

김종철 선생 2주기에 바쳐

쓰러진 한마리 개 옆에 주저앉아 떨며 죽음의 과속을 멈
추려는 사람
오염물 뒤집어쓴 흙과 죽어가는 벌레와 풀, 잘린 나무의
신음을 듣는 사람
저는 그를 아버지라 부르겠습니다

먹고 먹히는 계산법을 넘어 자연의 경이에 무릎을 꿇는
사람
자비와 분노가 한통속인 사람
서로 밥이 되어주기를 바라 마지않는 사람
저는 그를 형제이자 스승으로 받들겠습니다

절망조차 사치임을 아는 사람
탄식 속에서도 벌거벗은 인간의 영혼에 호소하는 것이
결코 헛되지 않음을 믿는 사람
아흔아홉의 낙담 속에서도 한줄의 희망을 꿰는 사람
죽어가는 나무에게 물을 주는 사람
저는 그를 친구이자 동지라 믿겠습니다

폭력과 탐욕으로 얼룩진 인류 역사의 나쁜 책들을 태우고
절멸을 향해 가는 마지막 페이지를 고쳐 쓰는 당신이 촛
불입니다
스스로를 태워 자기를 갱신하는 대지처럼

폭염과 산불과 가뭄, 광폭한 바람과 비,
물과 불조차 치우친 압도적인 비대칭 속에서 세계가 피
흘릴 때
대지에 씨앗을 심는 당신이 촛불입니다

촛불은 밤이 우리에게 내리는 명령,
콩처럼 타작되는 죽음 곁에 당신이 있습니다
가도 가도 수평인 바다처럼 뭇 생명이 숨 쉬는 광장은 우
리 모두의 것,
움켜쥘 수도 떼어 갈 수도 없습니다

서로를 비추는 통 큰 불빛,
자기 몸 녹여 세상을 밝히는 촛농처럼
빛을 나눠 가진 우리가 촛불입니다

제비원 미륵불

작은 솔씨 받아 공동산에 던졌더니
백년도 못 채우고 땅속으로 들어가네
천년 갇힌 돌 속에서 걸어 나온 솔씨 잣씨
김이박 안한최 천년만년 무명씨들
한바탕 잘 놀다 가네

해 뜨면 워리 워리 소 몰고 논밭 갈고
달 뜨면 타닥타닥 길쌈하고 콩 고르던 베옷
내동댕이쳐진 탄식과 한숨으로 금 간 집구석,
갑을병정이 사라지고 무기경신이 왔다들 스러져갔네
금세 다녀오마던 사람들은 돌아오지 않고

앞섶에 붉은 주름 몇 그어놓았구나
야윈 솔잎마다 이슬방울 슬어놓은 입동 지난 앞산이
붉은 저고리 속고쟁이조차 벗어 던지는데
푸릇하구나 봄날 송홧가루 냄새는
탄식에 닳은 바위여 미륵이여,
입을 열어라

사람의 필요

송종원

0. 두 눈을 뜨고 읽어야 하는 시

간혹 시에 대한 해설이 불필요한 첨언 같을 때가 있다. 김해자의 이번 시집 『니들의 시간』도 그렇다. 어려운 말로 쓰인 것도 없고, 복잡한 암시가 많은 시도 없다. 그러니까 이 표현 속에는 이런 것들이 들어 있을 것이라고 따로 짐작해줄 필요도 없고, 이 시는 이 상황과 관련이 있을 것이라며 추론해보일 이유도 없다. 대개의 작품에서 표현은 자상하고 상황은 또렷하다. 이런 경우 비평가는 난감하다. 갑자기 허둥대는 마음이 된다.

그런데 한편으로는 이상하게도 느린 독서를 하게 된다. 작품들을 천천히 따라 읽으며 왜 곱씹게 되는지를 스스로에게 묻는다면 짐작되는 바가 없지 않다. 이 시집은 독자가 자신의 삶을 작품에 함께 걸어두고 읽게 하는 면이 있다. 비유하자면 두 눈을 뜨고 읽게 된다. 한 눈은 작품에, 다른 한 눈은 자신의 삶에 두고 읽는다는 말이다. 두 눈이 바라보는 모습 사이의 균형이 깨지는 순간마다 이 차이가 어디서 비롯되었는지를, 혹은 내 삶의 어딘가가 잘못 흘러가고 있는 것 아닌지를 되묻게 된다. 그래서 읽는 일이 느려지고 읽은 것을 자꾸 곱씹게 된다. 그리고 좋은 삶에 필요한 부속들이 무엇인지를 생각하게 된다. 그 첫번째는 우선 사람이다.

1. 사람

강남역 8번 출구 앞, 철탑에 올라가 있는 동료들에게 밧줄에 밥 실어 올려주던 재복씨가 휴가를 신청합니다. 밥줄 끊기고 천막 농성장에서 산 지 1882일째, 장기 농성자도 날마다 일했으니 휴가가 있어야죠, 다녀오겠습니다.

휴가 나온 재복씨가 집에 돌아와 밥부터 합니다. 냉장고 뒤져 청소하고 장 보고 가스레인지 닦고 어묵과 멸치도 볶습니다. 이미 두 딸은 아버지를 기다리지 않은 지 오래, 학교 가고 공부하고 알아서 알바 다닙니다.

휴가 동안 재복씨가 친구 가구 공장에 알바를 다닙니

다. 큰아이 대학 입학 예치금과 작은아이가 점찍어둔 롱
패딩 사주려고. 컵라면과 삼각김밥으로 때우는 알바 청년
도시락도 싸고 고장 난 보일러를 고칩니다.

일주일의 휴가를 끝내고 천막 농성장으로 출근하며
재복씨가 아이들에게 인사합니다.
"다녀오겠습니다."

—「다녀오겠습니다」 전문

재복씨의 삶은 투명하다. 옳지 않음에 항거하고 동료의
고난을 모른 체하지 않으며 아이들을 보살피는 일에 최선을
다하고 어려운 사람에게 나누어준다. 그 투명한 행위들이 쉽
지 않은 덕목이라는 것을 우리는 안다. 하지만 항거와 보살
핌 그리고 나눔이라는 덕목을 자연스럽게 완수하는 재복씨
의 삶을 시는 소란스럽게 그려내지 않는다. 그래서 더더욱
담백한 어조의 진술은 마치 우리에게 '너도 사람이지?' '너
도 눈물 나지?' 같은 질문들을 나직이 묻는 듯도 하다.「우리
는 각자도생의 사명을 띠고」에는 우리가 사는 세계의 문제
적 지표가 빼곡하게 그려져 있다. 사회의 부정적 지표는 그
사회의 단면이지만 그 지표들로 포착되기 어려운 삶의 기
운이라는 게 있을 것이다. 재복씨의 삶도 딱 그런 것 아닐까.
사람다운 삶이라는 게 거대한 추상 같지만 김해자의 시에
그려진 사람들의 모습을 보면 꼭 그런 것만도 아닌 듯하다.

순간, 가좌동 쪽에서 본드 냄새가 불어오는 것 같았습니다 온종일 신발 바닥에 본드칠하다 우우 몰려가 발바닥 닳도록 춤추던 송림동 카바레, 어디선가 단무지 냄새가 풍겨오는 것도 같았어요 철야 끝난 일요일 잠시 눈 붙이고 달려간 신포시장, 볼이 미어져라 먹던 왕만두 냄새, 미싱에 앉으면 만주에서 말 타고 달리는 듯하던 열여덟살 현옥이와 장덕이가 대한서림에서 책장을 넘기고, 바로 옆인 듯 애관극장에서 파업전야 같은 필름이 돌아가는데

—「이름 없는 조직」 부분

한 심리학자의 말에 따르면 모든 문화권에서 통용되는 보편적인 치유법이 있는데, 그것은 같이 먹고 춤추고 이야기하고 진실을 용기 내어 말하는 일이라고 한다. 말하는 일 대신에 이 시에는 배우고 알아가는 시간이 그려져 있는데 당연히 그 또한 삶을 치유하는 시간에 속할 만하다. 이 시집에는 시인의 과거 속 특별한 장면들이 「시간여행」이라는 연작으로 담겨 있다. 「이름 없는 조직」역시 그 연작에 포함될 법한 작품이다. 하지만 시인이 굳이 연작에 포함하지 않은 이유는 아마도 "이름 없는 조직"이라는 구절에 힘을 싣고 싶어서였는지도 모르겠다. 인용을 건너뛴 시의 앞부분에는 활동가로 살아온 시절 자신들의 조직은 이름이 없었다는 사실을 대화 중에 화자가 깨닫는 내용이 쓰여 있다. 그런데 시

는 돌연 그 이름 없는 조직의 이야기에서 활동가 시절과는 다소 무관해 보이는 과거의 장면들을 호출한다. 시인에게는 저 먹고 춤추고 이야기하고 배워가던 시간의 사람들이 같은 조직의 사람들이었다고 느껴졌을지도 모르겠다. 더불어 시인은 당신 곁에서 같이 웃고 떠들며 사는 맛을 음미하게 하는 이들이 당신들의 조직원이라고 말하고 싶었던 것은 아닐까. 사표 같은 삶을 사는 재복씨 못지않게, 이름 없는 조직 속의 제씨들 역시 이상하게 눈물을 부른다. 이 시집에는 그런 인명들이 꽤 있다. 이름이 등장할 때마다 그이의 삶은 당신의 삶을 되비추게 할 것이다.

2. 먹는 일과 텃밭의 일

사람 사는 데 없어서는 안 될 몇가지 중에 하나가 음식이다. 실로 김해자 시인의 시에는 자주, 많은 먹거리들이 나온다. 생각만 해도 마음이 푸근해지는 푸른 푸성귀들이 시에 구수한 향기를 더한다. 구수하다고 적고 나서 문득 그 말이 낡고 오래된 것으로 오해받을까 염려되는 의식이 발동한다. 병이다. 세련되고 도회적인 것을 우위에 두는 의식의 병, 구수함 속에 깃든 땅의 기운을 몰라보는 병. 이런 병든 의식의 지평이 가닿지 못하는 것들이 있다. 가령 "공짜 밥은 마음 다치게 한다고 따박따박 밥값 요구하던 곳"(「이백원」)의

윤리를 모를 것이다. 이 윤리는 값비싸지 않은 먹거리를 정성껏 손질해 나누어 먹어본 적이 있는 이들만 알 것이다. 또 "하루 한끼 때우던 굴풋한 짐지게들이 문밖에 서 있던,/우거지 아니면 시래기 된장국이 끓던 스텐 양은/들통에서 솟아나는 뿌연 김"(같은 시)의 모습이 지닌 훈기를 알 리 없다. 그리고 당연히 저 푸른 푸성귀들이 자라났을 자리의 가치 역시 쉽게 알아보지 못할 것이다. 그곳이 어딘가.

> 등기권리증이 통하지 않는 거주지
> 이 공화국엔 형형색색 깃발들이 나부낀다
> 기지개 켠다 벌과 나비도
> 추위와 배고픔을 증명하지 않아도 기초수급은 된다
>
> 아무도 명령하지 않지만 법은 지켜진다
> 찌르지 않는다 화살나무 가지마다 화살 빽빽해도
> 상사화 잎과 긴병풀꽃은 무사하다
>
> 잔디 파고들어도 개망초 밀어붙여도 저마다 일가를 이루었다 옹색한 지하방 붙어 잘수록 식구도 늘었다 온몸이 굴삭기인 지렁이도 새끼를 쳤다 바위가 엉덩짝 하나 내주어 고향도 본적도 모르는 초롱꽃과 돌나물도 문패를 달았다

연푸른 혀들이 공중을 소요한다

붉고 노란 꽃 무더기들이 산비알을 내려온다

싸리 순과 다래 순과 산고추나물이 텃밭에 부려진다

제 이름으로 땅 한뙈기 소유하지 않아서

사시사철 산은 보살들 것이다

텃밭 공화국이다

— 「연푸른 혀들」 부분

  텃밭은 기계식 농업이 이루어지는 곳이 아니다. 대량 생산을 목적으로 삼는 기계식 농업은 석유와 화학비료에 의존적이다. 그러니까 그것은 땅을 훼손하는 방식의 기술이다. 김해자 시의 먹거리들은 생태를 보호하는 방식과 이어져 있고 더불어 사회를 보호하는 방식으로 연결되어 있다(「이백원」을 떠올려보라). "형형색색의 깃발들"이라는 구절은 단순한 수사가 아니다. 거기에는 '생물종 다양성'의 모습이 담겨 있다. 텃밭은 기계와 화학물질에 의존하지 않는 방식으로 땅을 가꾸고 그로부터 생물종의 다양성을 보존하는 방법이 되기도 한다. 그러므로 그녀의 시 속에 "토종 오이"(「또다른 눈물」)라는 명칭이 등장하는 것은 자연스럽다. 외래종을 차별한다는 말은 아니다. 토종도 지키고 외래종도 더불어 사는 방식이 그녀의 시가 지향하는 가치일 것이다. 「연푸른 혀들」에서 시인은 모든 생명들이 평등하게 공생하는 자리, 생명들의 공화국을 그린다. 이 공화국에서는 가난을 증명해야만 생존을 보장받는 일은 없다. 또 생명을 지닌 존재들은 법에 모든 것을 맡기는 대신에 스스로의 자치공간을 연다. 「육독(肉讀)」에서 시인이 "밭의 새싹과 마을의 말소리가 오랜 가르침이었다"라고 적을 때 텃밭과 마을은 인접해 있다. 텃밭의 자치공간과 사람들의 자치공간이 다르지 않다는 뜻도 될 것이다.

3. 신과 시인

사람들이 잘 살아가기 위해서 절실히 필요로 하는 무언가가 또 있다. 나는 그것이 자신보다 커다란 존재에 대한 믿음이라고 생각한다. 한 신학자의 글에서였던가, 나무 한그루가 자라는 일에도 하늘과 땅이 필요하듯, 사람이 사람답게 성장하는 일에도 인간을 보살피는 더 큰 세계가 필요하다는 글을 읽은 적이 있다. 그 큰 세계가 우리의 고통을 돌본다.

바그다드대학에 유학 갔다
귀국 날짜가 하루 늦어 난민이 된 사람
이스라엘 점령군이 국경을 닫아걸어
지척에 집을 두고 이십오년간 이라크와 시리아 레바논을 떠돈
팔레스타인 사람이 말했습니다

하늘 저 어딘가에 우물이 있다고
그 우물 곁에 새 한마리 산다고
다리가 셋인 그 새가 우물 속에 들어가
물방울 하나 찍어 물고 밤낮 달려온다고

그 새가 당신 이마 위에 이슬을 떨어뜨린다고
그 한방울이 시라고
그 한방울이 신이라고
　　　　　　　　—「달이 내 창문을 서성이고 있다」부분

　옮겨 적지 않은 대목에 시인은 저 팔레스타인 시인의 이름을 밝혀준다. 그의 이름은 "자카리아 무함마드"인데, 부를 때는 "아마르"이고 쓸 때는 "까마르"라고 적는다. 그의 이름을 여러번 여러 방식으로 읽는 시간은 그가 지닌 고통을 흩어놓는 방법처럼 보이기도 한다. 호명은 사람을 살게 하는 힘이 되기도 한다는 사실을 우리는 안다. 그래서일까 별것 아닌 듯 보이는 저 호명의 언어가 어쩌면 그에게 가해진 운명의 무자비한 속도를 늦추는 듯도 하다. 하루라는 시간을 늦었다는 이유로 그의 운명은 너무 가차없이 그 늦음을 질타하는 듯 보이지 않는가. 물론 이 늦음이 문제가 아니다. 그의 고통은 분명 그의 탓이 아니라는 뜻이다. 까마르가 집을 지척에 두고 타지를 떠돌아야만 했던 연유에는 이스라엘과

팔레스타인 사이의 신(神)의 문제가 끼어 있다. 인간을 보살 핀다고 여겼던 신이 인간을 핍박한다. 그런데 오히려 이 고통 속에서 무함마드는 절박하게 신의 얼굴을 마주하고 시라는 언어에 가까이 다가간다. 어쩌면 당연한 일이다. 시와 신은 늘 구체적 고통과 함께 온다. 구체적 고통을 들어주는 자리에 신이 있고 시가 있다.

> 파울 첼란, 나는 당신을 따라 기도합니다
> 나를 위해 아무도 아닌 자들을 위해
> 저 거짓의 말들을 꺾어주소서
> 숨아내주소서 이 사람의 말을
>
> ——「파울 첼란에게」 부분

신은 사람의 말을 수신하는 자리이다. 그 자리가 있기에 사람의 말과 사람의 말이 아닌 말이 구분되는 것인지도 모른다. 어떻게? 그 구분을 신이 내려주는 것은 아니다. 신은 엄숙하게 있을 뿐이다. 그런데 그 침묵하는 신의 자리로 인해 말을 꺼내놓은 사람이 자신의 말들을 들여다보고 그 말들과 관련한 내면의 표정을 유심히 살피기 시작하는 것이다. 그러는 사이 거짓의 말들은 숨여 나간다. 그렇게 신과 대화하는 사람의 말은 내면의 재구성을 불러온다. 시 역시 크게 다르지 않다. 사람의 내면을 그려 보이는 일은 시가 오래 해온 과업이다. 여기에 김해자의 시는 각자의 내면 위로 펼쳐지는 네트워크를 그린다. 「두통의 환각」이 이를 잘 보여준다. 이 시에서 화자의 두통은 "고층 유리벽에 부딪쳐 머리가 으깨"지는 새들의 고통으로 이동하고, 새들의 고통은 다시 "녹두밭"의 새인 동학농민군의 머리통으로 전이되며, 종국에는 지하철 스크린도어를 수리하다 참변을 당한 어린 노동자의 고통으로 연결되는 식이다. 「파울 첼란에게」에서 보여주는 것처럼 시인에게 기도는 나의 내면을 재구성할 뿐 아니라 타인의 내면과 나의 내면 사이에 연결 통로를 만들어주는, 나와 아무도 아닌 이들을 더불어 살피는 형식이다. 그러고 보면 이상하게도 기도의 간곡함은 나를 위하는 순간에 찾아오는 것이 아니라 내 곁의 누군가를 위하는 순간에 찾아온다. 어쩌면 그것이 우리 안의 신성이고 시심인지도 모를 일이다.

4. 장소와 역사

물리적 공간과 삶의 처소인 장소는 다르다. 공간은 시간과 분리되어 말해지지만 장소는 시간이 축적된 터이기도 하다. 앞서 우리가 살핀 텃밭 역시 어엿하게 장소라 불릴 직하다. 김해자의 시에는 주소지와 구체적 지명들이 자주 등장한다. 또는 특정 시기와 연동하는 자리들도 자주 호출된다 (「시간 여행」 연작 속 지명들을 생각해보자). 장소를 통해 시인이 발굴하는 것은 그 자리를 지나친 한국의 역사이다. 간첩 조작 사건에 연루되어 숨어든 사람이 숨을 거둔 곳(「공양(供養)」), 5·18 직전에 서울에서 있었던 대학생들의 시위 현장(「시간 여행: 철망 속의 눈동자」), 전쟁의 포화 속에 우익단체들에 의해 양민들이 학살된 장소(「수철리 산 174-1번지」) 등등. 요즘으로 치자면 촛불을 든 사람들이 모여들었을 장소와 그곳을 채웠던 삶의 흔적들을 시인은 시로 옮겨놓는다. 따지고 보면 그곳은 세상의 숨통 같은 자리이다. 시인이 기록한 삶의 자리들은 세상의 가려진 문제들을 드러내고 그것이 피할 수 없는 사실임을 알려준다. 결과적으로는 고통의 자리로 우리를 이끌어 세상의 실감 속에서 숨 쉬는 방법을 배울 수 있도록 한다. 세상을 있는 그대로의 실감으로 감지했다고 느낄 때 사람들은 비로소 세상의 변화를 진지하게 고민하게 된다. 그러므로 김해자 시 속의 주소지와 지명들은 우리에게 세상의 변화를, 다시 말해 역사를 고민하게 만드는 자리라고도 불릴 수 있겠다.

　　묵은눈이 밤새 마술처럼 사라진 것을 본 적이 있는가
　　어제오늘 내린 눈도 아니고 도둑눈 가랑눈 떡눈 진눈
　　눈이란 눈들이 한자리 차지하고 쇠눈 숫눈 생눈 사태눈
　　겨우내 쌓이고 얼어 돌탑이 된 얼음덩이가
　　한순간에 녹아버린 것을 본 적이 있는가
　　두부 속으로 들어간 혀처럼 눈 속으로 슬며시 잠입한
　　뜨거운 입김들의 깊숙한 혁명을

아이스크림 한 입 베어 먹고 언제 그랬냐는 듯
시치미 떼고 언덕배기로 냅다 달리는
눈물투성이 밀사들,
꽝꽝 얼어붙은 눈은 속에서부터 스러진다
층층이 쌓여온 눈은 밑에서부터 삭아내린다
어느 날 갑자기 폭삭 주저앉는다 그제야
여기저기서 상복 벗어 던지는 소리
들판이 새파랗게 술렁인다
봄이 일어선다

— 「상복(喪服)」 전문

   묵은눈이 순식간에 사라지고 봄의 기운이 일어서는 장면
을 낙관적으로 의미화하는 방법은 여럿이겠다. 그러나 좀더
천천히 음미할 필요가 있다. 묵은눈의 시간으로 시선을 주
어보자. 사람들이 세상의 사물에 하나하나 정성껏 이름을
붙인 시간이 거기 있다. 눈의 다양한 이름은 겨울을 지나는
동안 사람들의 지혜가 발휘된 증거이다. 한통속으로 불릴
수 있는 것을 세분화하여 시간의 마디를 만들어놓은 셈이기
때문이다. 이 마디가 "한순간"까지 이르는 시간을 견딜 만한
것으로 바꾸어주었을지도 모를 일이다. "한순간"이라는 말
도 주의를 기울이게 한다. 인간의 지혜로 시간의 마디를 마
련했지만, 그것이 마디 끝에 마주할 어떤 사건들까지 정확
하게 예측하게 만들어주지는 않는다. 이는 우리가 지닌 지

혜의 지평이 유한하다는 이야기로도 풀이 가능하지만, 한편으로는 그 지혜가 진정 지혜로움을 발휘하려면 변화와 운동에 몸을 맡겨야 한다는 뜻으로도 읽을 수 있을 것이다. 예측 불가능성이 행위 불가능으로 이어지지는 않는다는 말을 덧붙여야 하겠다. 예측 불가능한 상황 속에서의 밀사들의 행위가 오히려 정확히 예측할 수 없는 사건의 근거로 작동했을 수도 있다는 말이다.

말들이 얽히고설켜 전개되던 과정에 시인이 꾹꾹 눌러 한 문장씩 표현한 대목이 있다. 거기에는 "꽝꽝 얼어붙"고 "층층이 쌓여온 눈"이 스러지고 삭아지는 시작점에 대한 인식이 새겨져 있다. 시인은 단순 명료하게 "속에서부터", "밑에서부터"라고 적는다. 단순해 보이는 시이지만 사실 투명하고 강인한 역사 인식이 그려진 시이다. 죽어가는 시간을 삶의 기운으로 되살리는 주체가 '속'과 '밑'이라는 말과 결합할 때 우리의 머릿속에 '시민'이나 '민중'이라는 어휘가 스쳐 지나가는 것은 우연이 아닐 것이다. 김해자의 시에는 어두운 순간에서 환해지는 순간으로 전환되는 흐름이 자주 그려진다. 아니, 다시 말하자. 김해자 시인은 어두워서 환해지는 순간에 비로소 드러나는 얼굴들을 그린다. 불교에서는 그 얼굴을 미륵불이라고 일컬을 텐데, 김해자라면 이렇게 말할 것이다. 당신도 모르는 사이 당신 곁에서 정의롭고 떳떳하게 살아가는 사람의 얼굴이라고.

宋鍾元 | 문학평론가

시는 아무도 말을 가로채지 않는 대화 같다. 글자에 수많은 얼굴이 비치는 종이거울 같기도 하다. 거울 뒤란에서 잠자고 있던 이름들이 불려 나올 때마다 다시 태어나는 종이거울 안에서, 나는 나무이자 벌목꾼이고 사슴이자 사냥꾼이었다. 팔레스타인 가자지구에 공습이 이어지고, 세계가 극단적인 비대칭을 향해 폭주하고 있는 지금, 나는 맞아 죽은 자이자 때려눕힌 자이고 독재자이자 야만적인 인류다.

절망해야 할 이유가 아흔이라면 희망할 근거는 서너조각에 불과했다. 그래서 썼는지도 모른다. 더듬거리며. 신음과 비명이 터져 나오는 시절에 시라니? 그래도 썼다. 부끄러움을 무릅쓰고. 내가 아닌 것이 떨어져 나가고 바로 너인 것이 내가 될 때까지. 이만큼이라도 걸어오게 한 이웃들과 동지들과 스승들께 감사드린다. 입말 살려주며 조언해준 동료 시인들께 감사드린다. 편집자이자 또다른 창작자가 되어준 이진혁 팀장께 감사드린다.

2023년 늦가을 천안 광덕에서

김해자

창비시선 494

니들의 시간

초판 1쇄 발행 / 2023년 11월 24일
초판 2쇄 발행 / 2024년 11월 1일

지은이 / 김해자
펴낸이 / 염종선
책임편집 / 이진혁 박문수
조판 / 박지현
펴낸곳 / (주)창비
등록 / 1986년 8월 5일 제85호
주소 / 10881 경기도 파주시 회동길 184
전화 / 031-955-3333
팩시밀리 / 영업 031-955-3399 편집 031-955-3400
홈페이지 / www.changbi.com
전자우편 / lit@changbi.com

ⓒ 김해자 2023
ISBN 978-89-364-2494-7 03810